Here we go, Seventh Prince.

第七王子、

転生したらおデブで引きこもりの
王子になりさがっていました

榎村まこと
Makoto Enomura
ill
野田のんだ
Nonda Noda

CONTENTS

CHARACTER

フレイム＝ヴァレンシュタイン

アストレア王国、ヴァレンシュタイン家の四男。18歳。

初陣での華々しい活躍により、“百人斬りの英雄”と称されている。紺碧の髪とブルーグレイの切れ長の瞳で、鍛えられた体格の眼鏡男子。騎士としての未来に対して大きな希望はなかったが、デュランとの関係で考えに変化が……？

デュラン＝アストレア

前世はショップ店員兼デザイナーだったが不運にも死亡、異世界で王子に転生するも、見た目が白ブタちゃんという大誤算にダイエットを決意！　サラサラのブルーサファイアの髪とエメラルドグリーンの瞳を持つ美青年に変身。女の子が大好きなのはずだったが、フレイムと出会ったことで……。

ゲオルグ＝アストレア

アストレア王国の第一王子であり、第一陸軍の司令官。25歳。

第一側妃の息子。引きこもりのデュランのことは、ちょっと心配している。赤髪と、切れ長のブラウンの瞳。均整の取れた体躯の持ち主。

エルウィン＝アストレア

第二王子。宮廷魔術師長を務めるデュランの実兄。24歳。

幼いころからどんな体型のデュランでも、とにかく溺愛。知的な面差しで、蜂蜜色の髪とエメラルドグリーンの瞳を持つ。

ザド＝アストレア

第三王子で第四陸軍司令官。23歳。

太ったデュランに興味はなかったのだが……。

褐色の肌に鋭い金色の目、癖のある黒髪。

ジュレネ＝フィルマン

デュランの魔術の家庭教師。

エルフ族のため20代前半に見えるが、実は○○○歳（年齢非公開）。

水色のロングヘアを持ち、水色の長いまつげ、柔和そうなたれ目。

男性の体に女性の心を持っている。

エリーヒ＝ギュンター

アストレア王国の宰相。38歳。
薄紫色の瞳と髪を持ち、片眼鏡着用。
強大な権力を持つが、穏やかな人格者
……に、見えるのだが……？

プロローグ

上京して十年。

俺はファッション業界の仕事に携わり、アパレルのショップ店員兼、デザイナーとして働いていた。

もっともデザイナーとしての仕事はあまりなくて、ショップ店員の仕事が殆どだった。

そんな中、某タレントさんが何故か俺のことを気に入り、店に来るたびに俺のことを指名してきた。

「君、本当にセンスあるなぁ。これまでのどの服より君が選んでくれたのが一番しっくりくるんだよな。ねぇ、頼みがあるんだけど、今度の特番に着る服、選んでくれないかな」

この時を機に俺はこのタレントさんの専属スタイリストに抜擢された。

順風満帆。

俺の人生走り出したぜ、と思っていた矢先。

「………っっ!!」

背中に激痛が走る。

なに？　何が起こった!?

振り返ると一人の女性が憎悪の眼差(まなざ)しで俺のことを見ていた。

「あんたさえ現れなきゃ、私はあの人の専属のままでいられたのに」

な、何ですと!?　俺の前に専属がいたのか、あの人!?

「しかも男だなんてっっ!!　信じられない、信じられないっっ!!」

も、もしかして彼女誤解しているのでは!?

俺は愛人とかそういうんじゃなくて、ただのスタイリストであって、あなたが思っているような関係ではない、と訴えたかったが。

「本当に、あの人は何人のスタイリストを専属にして、自分の愛人にするつもりなのかしら」

な、なにぃぃぃ!?

そ、それじゃあ、俺は知らない内にスタイリスト兼愛人になっていたってこと!?

マジかよぉぉぉ。

冗談キツぅ。

俺こんなところで死ぬのか？

死んだら、家族のみんな悲しんでくれるかな。

日曜日、キャベツの収穫手伝う予定だったのにな。あと薪(まき)割り、牛小屋の掃除、雑草取り、色々やることあんのによ。

祖母(ばあ)ちゃん、すまねぇ。もう手伝えそうにない。

あと綾(あや)ちゃんに舞(まい)ちゃんに香奈(かな)ちゃん……誰か一人ぐらい告白しときゃよかった。ほんと、可愛い子ばっかの職場で俺は幸せでした。

ああ、でもせめて一人くらいは付き合うトコまでこぎ着けたかったぜ。

……。

……。

……。

……。

……。

……そして、俺は意識を手放したのだった。

第一章 ★ 第七王子 デュラン＝アストレア

目を覚ましたら、それはそれは豪華な寝室に寝ていた。

俺の名前は、羽田中礼緒（はたなかれお）……じゃねぇな。

えーと今は、アストレア王国、第七王子、デュラン＝アストレアだったよな。

OKOK、覚えているぜー。

確か腹が減ったので、料理長におやつをもらいに行こうとしたんだよな。そして自室の近くにある階段を降りようとした時、ワックスでもかけすぎたのか、床がつるつるだったんだよな。俺は階段から滑り落ちて頭を強打した。そしたらその瞬間、すっげぇ映像みたいなのが脳内駆けめぐったわけよ。

そこで思い出したのが、ショップ店員兼デザイナーだった前世の俺。

某タレントさんの専属スタイリストに抜擢（ばってき）され、ひゃっほうな人生を歩むトコだったのを、前のスタイリスト兼愛人だったという女性に嫉妬され、さらに誤解されて、多分ナイフか何かで刺されたのだろう。

俺は二十八歳の生涯を終えちまったわけだ。

冗談じゃねぇよ。兼愛人なんて話聞いてなかったし。そういうことだったら、喜んで辞退していたよ？　だって、俺そっち系の人間じゃねーし。でもあのまんま生きていたとしても、あの人にカマ掘られていたかもしれねぇんだよな……それも結構地獄かも。

今は第七とはいえ王子だし？　まぁなんの期待もされてねぇけど王子だし？

俺はとりあえず起きあがり、鏡の前に立つ。

――一瞬でも生まれ変わって良かった、と思った自分がバカだったぜ。

んだよ、このブサメンは!?

あり得ねえよ。猪八●じゃねぇかっ。

たぷたぷのブルドッグの頬を持ち上げる。

うわ、超ウケるんですけど？

確か、俺、十九歳だったよな？　何だよ、このザ成人病な風体は!?　何食ったら、こんなになるんだよ、デュラン!?　ぽっちゃりとも表現しがたいぐらいの激太りじゃねぇか！　やべぇ、こんなんじゃ一生彼女できねぇ!!

え？

第七とはいえ王子なんだし、彼女の心配なんかねぇだろって？　あのな、俺は権力にものをいわせて女をものにしたくはねぇのっ！　やっぱり女の子は自分の魅力で振り向かせてナンボ……とは言っても、今、その魅力が一欠片(ひとかけら)もねぇ。

まずはダイエットだな。食べる量を減らして、適度な運動から始めねぇと。

とりあえず近所の湖、往復してくるかっっ。

生まれ変わった俺は、王子という恵まれた地位にいるにも拘(かか)わらず、それに相応(ふさわ)しい努力もせずに、部屋に引きこもって、食っては寝ての自堕落な生活を送った結果、激太りして今のモンスターのような姿になってしまった。

いくら何でもこのままではいけない。せっかく生まれ変わったのに、この体型では女の子にもモテないし、何より健康に悪い。これで早死にしたら意味がない。

執事やメイドに声を掛けられたら面倒なので、密(ひそ)かに自室の窓から外へ出て、歩いて五分の場所にある湖へやってきた。

俺は準備体操をしてから、服を着たまま湖の中に飛び込んだのだった。

「デュラン様、一体何があったのですか!?」

「何って、そこの湖で泳いだんだ」

湖でひとしきり泳いだ俺は、びしょ濡(ぬ)れになって屋敷に戻った。

タオル持ってくるの、忘れていたんだよな。まぁ、夏だしいいかと思って、そのまま帰ってきたんだけど、このシャツ、あんま速乾性ないんだよなぁ。

「湖で泳いでいたって……何を唐突(とうとつ)に……」

執事のセネガルは目を白黒させている。こいつは俺が幼い頃から仕えてくれている後退禿がまぶしい強面じいさんだ。

現役の時は騎士だったらしく、戦場で負った深い切り傷が額から左目、そして顎にかけて刻まれ、縫った痕もくっきりと残っている。前世で見た映画に出てくるつぎはぎの人造人間みたいなイメージだな。

上品なじいさんなんだけど、その強面のせいで最初は恐れる客人が多い。ま、俺は物心ついた頃から見てるんで、全然怖くないけど。

メイドがすぐにタオルを持ってきてくれた。彼女が俺の体を拭こうとする前に、俺はタオルを取り上げて体を拭く。

「デュ、デュラン様!?」

メイドが驚いた声を上げる。

無理もないか。今までの俺って人にされるがままだったもんな。体だってメイドに拭いてもらっていたくらいだし。でもこれからはそれぐらい自分でやるさ。

さっさと体を拭きおえて、俺はセネガルに言った。

「ちょっと厨房に行ってくる」

「デュラン様、おやつの時間にはまだ一時間あります。我慢なさいませ」

「ちげーよ、おやつは今日ナシってことと、今後のメニューについて料理長と話し合うから」

「は!?」

「今まで脂っこいもんばっかだったからなあ。とりあえず今後はサラダと蒸し料理とか、鍋とかもいいんだよな。そういったもんにしてもらうから」

「鍋？？　でございますか」

「あ、ごめんごめん。鍋料理のことね」

「……デュラン様、先ほどから言葉遣いが悪くなってはいませんか？　王子なのですから、あまり砕けた喋り方は」

「そのうち直すから大丈夫、大丈夫。つうか、ちゃんとした言葉遣いってどんなんだったっけ？」

「…………」

おいおいおい、セネガルちゃん、そんな盛大な溜め息つかないでくれよ。俺は前世の記憶も入り交じっちゃって、頭の中カオスなんだから。

まぁ、そんなこと言っても、理解してもらえるかどうか分からねぇから、今は言わないけどな。

着替えを終えると、俺は早速厨房に向かった。料理長のサムは俺の顔を見るなり、無愛想に言い放った。

「おやつの時間はまだだぞ、王子様」

このおっさんは、腕はいいけど、誰に対してもこの態度なので、宮廷料理人を解雇されたんだよな。いいじゃねぇか、敬語使えねぇぐらいって、俺的には思うのだけど、さすがに国王相手にタメ口はまずかったんだろうな。

俺自身も一応ロイヤルファミリーの一員になるわけで、言葉遣いは直さないといけないよな。

大体今までの俺って、誰かとろくに会話してなかったような気がするし、敬語どころか会話もまともに出来ていなかったんじゃないかと思う。

「おやつはいいよ。それよりも今日の夕飯は何？」

「はいはい、あんたの好きな牛肉の衣揚げですよ」

ようするに牛カツってことかな？

俺は申し訳なさそうに料理長に言った。

「悪いんだけどさ、それ衣揚げじゃなくて塩胡椒で焼いておいてくれない？」

「あん？　まぁ、まだ衣つけてないし、別にかまわんが。それでいいのか？」

「あとサラダ、野菜多めに頼む」

「ちゃんと食えるのか？　あんた野菜嫌いだろ」

「食べるように努力する」

「残すなよ？」

「絶対残さない」

俺たちの会話に目を丸くしたのは厨房の他の面々で、料理長の弟子達だ。

「あと明日から蒸し料理とサラダ、あと鍋料理を中心にやってほしい。余計な脂はとりたくないんで、できれば鶏は胸肉かささみ、牛はあんまりサシのない奴（やつ）ね。豚も豚の脂を利用する形で……」

「おいおい、王子様。どこでそんな料理の知識を得たんだよ？　肉の部位なんか認識しているお貴族様なんか滅多にいないぞ」

「……え、えーと。本で読んだんだ。俺もいい加減痩（や）せなきゃいけないから、痩せるにはまず食生活からってその本には書いてあって」

「そんな本、聞いたことねぇぞ？」

そ、そうか。この世界にはダイエット本とかないもんな。

「それはサムが知らないだけなんじゃないかな？」

「そりゃそうか。俺は本読まないからな」

料理長はすぐ納得したみたいに頷（うなず）いた。周りの弟子達はどこか懐疑的って感じだけどな。中には『続くわけねぇだろ、そんなん』的な冷たい視線を投げてくる奴も。

……まぁ、しようがねぇよな。そんな目をされても。今まで努力とかしてこなかったもんなぁ。運動も勉強も。

前回よりましな人生を歩むためにも、もう少し頑張らねぇと駄目だな。

それから心を入れ替えた……というより前世の記憶を取り戻した事で、目覚めた俺は、まずはダイエットを決行。

朝はジョギングと言いたいところだが、重い体を無理に走らせると膝にくるからな。まずはストレッチ、それからウォーキングだ。勉強は家庭教師のスミス先生が丁寧に教えてくれる。

スミス先生は六十半ばの王室御用達の教師。本来なら隠居している年齢だが、引きこもって学校に行こうとしない俺に、毎日勉強を教えに来てくれている。

一応前世を思い出す前も、それなりの課題はこなしていたからな。スミス先生はその日の分の勉強が終わるまでは絶対に帰らないので、一刻も早く寝たい俺としては、とっとと課題を終わらせるしかなかったのだ。

覚醒した今は、色々と気になることだらけだ。

とりあえず良い歴史本を紹介してほしいと頼むと、スミス先生は驚きながらも快く頷いてくれた。

数日後、とても読み応えがありそうな分厚い歴史本が渡された。

俺は勉強机の椅子に座り、本を広げる。その本には次のように書かれていた。

この国は、アストレア王国。大陸にある五大国の一つだ。

賢王グラスブリッジ＝アストレアが建国。一集落だったのを、数十年かけて大国にしたという伝説があるけれど、あくまで伝説だ。

アストレア王国以外の、他の大国はどんな国があるかというと……。

東の大国、ファイシン帝国。

南の大国、ミジェール王国。

北の大国、スノーヒル王国

砂漠の大国、リリザ帝国。

それぞれ陸続きだが、ファイシン帝国とリリザ帝国のみが隣接国だ。ミジェールとの間には内海があり、スノーヒルとの間にはファイシンがある。

リリザ帝国はアストレアと領土を巡り戦争を繰り返している。スノーヒル王国はファイシン帝国とぶつかり合っているし、他にも小さな国同士の小競り合いもあったりして、今はいわゆる戦国時代なんだよな。あと五大国以外の国で有名なのは、最西端のウィンディ王国。小さい国だけど、大陸で最も盛んな貿易港がある。

そして、ヤマト国といわれる極東の島国。

ヤマト……ね。

この世界じゃあり得ねぇ言葉の響き。もしかして俺みたいな元日本人の記憶を持った人が関わっている国なんじゃねぇのかな？　他にも多くの人間がこの世界に生まれ変わっている可能性は、大いにあり得る。

さっき、厨房に行った時も、ヤマトから輸入されたとかいう調味料の中に、醤油らしきもんがあったんだよな。その他にも菜種油とか、ごま油とか。

ヤマトって国には興味あるな。俺と同じ日本の記憶を持った人がいたら嬉しいけど。流石にそんなうまい話はないかな。

記憶が蘇ったことで気づいたけど、この世界には前世にもあった文化が混在している。例えば、この机の上にある定規の単位は㎝。当然その上の単位のm、㎞なんてのも一緒だ。重さのgも共通している。

それに、さっき見かけた、醤油とかごま油とか、食品関係の加工物の妙な充実ぶりを考えると、なんとなくだけどヤマトには前世の記憶を持った人がけっこういるような気がする。

もちろんこの世界がたまたま似たような発展をしたという可能性も大いにあるわけだけどな。


現在俺が住んでいるのは、メルギドア宮殿という名前はご立派な建物だが、装飾は平屋根の中央に女神の彫刻が彫られているくらいで、全体的にシンプルなデザイン。けれども淡い翡翠色の煉瓦の壁が美しいと評判だ。

この建物は国王の側妃とその子供が住む為の離宮として、メルギドア侯爵領に建てられた。

アストレア王国の慣習で、側妃は王家に嫁いだら最初は王城内にある部屋で暮らすが、子供が生まれたら王城から離れた場所に離宮を造り暮らすことになっていて、離宮は側妃の出身地に建てられることが多い。

俺と母上が今いるメルギドアは、アストレア国の中央にある王都・グラスブリッジから北西に位置する広大な領地だ。気候は温暖で農耕や林業も盛ん、かつ広大な湖もあって水産業も順調と、国内屈指の豊かな領地だ。

そんなメルギドアの領地を治めるのが、俺の母レティーナ＝メルギドア女侯爵。彼女は国王の第二側妃でもある。

彼女は第二王子エルウィン＝アストレアと第七王子デュラン＝アストレア――つまり俺を生んでいる。

俺が第七王子ということは当然、上には六人の兄、そして下には三人の弟がいて現王には全部で十人の王子がいる。

国王と正妃の間には子供がおらず、側妃達が王子を産んでいる。側妃は全部で九人いたのだが、第一側妃と第五側妃はいずれも病で亡くなっているので現在は七人だ。

我が父親ながら、よくそんなに奥さん持つ気になるよな。俺は一途な男だから、一人で十分だけどな。


さてこの異世界で最も興味深いのが、〝魔力〟って奴だ。魔力を元に様々な力を使うことを〝魔術〟とこの世界では呼んでおり、その〝魔力〟の使い方を研究している人はこの世界では〝魔術師〟と呼ばれている。

人々が魔力を使った生活を送るようになったのはおよそ八百年くらい前から。

それまでは木の摩擦で火を熾(おこ)したり、火打ち石を使ったりしていた。川や湖の水を汲(く)んで生活する自然と共に生きるスタイルだった。

魔術はその頃から存在してはいたけれど、ごく一部の人間しか使うことができず、その人間は神のように崇(あが)められていた。

しかし、アストレア建国の際に、大魔術師マリウス＝メルギドアが魔術を一般の人々にも普及させたことで、魔力は人々にとって生活に欠かせないエネルギーとなった。火と水は魔力によって生じさせられるようになり、さらに風を起こすことも可能になった。

しかし生活に身近なエネルギーであると同時に魔力は人知を超えた脅威でもあった。上級魔術師になると魔術によって天候を変え、天変地異を起こすことも出来る。

俺も一応魔術は使えるけれど、鍛錬をさぼっているから、火もマッチ一本程度しか生じさせられないし、水も自分が飲むぐらいしか出せない。生活するにはそれで十分な気もするが、もし領地を治める身分にでもなったりしたらそうはいかない。

例えば自分とこの領地が干魃(かんばつ)に見舞われたら、領主は率先して対策を練らなければならない。治世によってダムを作るとか、溜め池を作るのも重要だが、はっきりいって領主が雨を呼ぶ魔術を使えば一発だ。金はかからねぇし、人手もいらねぇしな。だから、領民は高度な魔術が使える領主様を望む。

メルギドアの女領主である母上は、この国において数少ない上級魔術師だ。

俺は……初級にもなっていません。すいません。

魔術が使えない領主は、自分の力を補うために強力な魔術師を雇うこともある。

しかし、そうなると領主より魔術師が権力を持ってしまうパターンが多く、それで乗っ取られた家がいくつもある。もちろん、ちゃんと忠誠を誓い、領主の為に働いてきた魔術師もたくさんいるぜ？　でもなかなかそういう人材を捜すのも難しいし、見極めるのも難しいのが現実。

俺はくさっても第七王子で、メルギドア領主の息子でもある。現メルギドア領主である母上に万が一のことがあったら、兄上か俺が、領主の仕事を引き継ぐことになる。だけど第二王子の兄上は今〝王太子〟の最有力候補にあがっている。

王位継承の第一順位の称号が〝王太子〟。他国なら長男がそう呼ばれるのかもしれないが、アストレアは実力主義なので、王に最も相応しいとされた王子が〝王太子〟として選ばれる。兄上は優秀だから、最有力候補の一人なんだよな。

もし兄上が王太子に選ばれた場合、メルギドアの領主を継ぐのは俺しかいなくなる。だから勉強や魔術、剣術も怠るわけにはいかない。特に領主になるには、中級魔術師ぐらいにはなっておかないとな。

幼い頃からずっとセネガルに言われ続けていたから、さすがの俺もそこんとこは自覚しているよ。自覚はしていたけど、そのための努力をしてこなかったんだよな。

厳しい魔術の訓練が嫌で、ずっと布団の中でくるまっていて、我ながらイラっとくる野郎だった。

『デュラン様、魔術の鍛錬の時間ですよ？』

『いやぁぁぁ、また熱いのとか痛いのとかやるから、いやぁぁぁ!!』

『メルギドアの領主になるには、魔術の鍛錬は必要不可欠ですよ』

『分かっているけど……分かってはいるけど……痛いのは嫌だぁぁぁ!!』

……嗚呼（ああ）、今までの俺を殺したい。

思い返すと何なんだ、今までの俺は!?　甘ったれ全開じゃねぇか。セネガルも内心呆（あき）れていたんだろうよ。

とりあえずこれからは、魔術の鍛錬もがんばらねぇとな。ただ今まで俺についてくれていた先生は、軟弱すぎる俺に愛想を尽かして辞めてしまっていた。

新しい先生がウチに来たのは、それから一週間後のことだ。

「さぁ、はじめるわよん。王子サマ」

来てくれたのは水色のロングヘアが美しい美女……と見紛（みまが）う美青年。

名前はジュレネ＝フィルマン先生。

エルフという人間とは違う種族で、耳が尖（とが）っている。長命で人間よりも数倍の魔力を持っている。華奢（きゃしゃ）で、腕力も人間より少し劣るらしいけど、あくまで少し劣るだけ。鍛えているエルフは人並み以上の腕力を持っている。ちなみにエルフの王族ともなると、腕力、体力、魔力も人間を遥かに凌（しの）ぐらしい。

ジュレネ先生の見た目は二十歳前後。

だけど実際は○○○歳。年齢は非公開だけど、桁数（けたすう）だけで、ものすごい年上ってことは分かるだろ？　この人は俺以外の兄弟にも魔術を教えていたし、先代、先々代、それよりもっと前の王族にも教えていたことがあるんだってさ。

長い睫（まつげ）、髪の毛と同じ水色の目。紫のアイシャドウにピンクのルージュ。どっから見ても美女なんだけど、おっぱいがなくて、声は少年。

だけど。

「まずは精神統一の練習よん。少しでも動いたら、ハリセンちゃんが可愛がっちゃうんだから」

……今までやってきたどの教師よりも厳しいのだった。

少し身体（からだ）が軽くなってからはランニング、あと水泳も一日一キロ以上は泳ぐようにしていた。

実は、泳げるデブなんです。って、以前に泳いでいるから、実は……っていう程でもないか。

水泳は昔、義理の姉から教わった。

義理の姉とは俺の同母兄であるエルウィン＝アストレアの奥さん、グレイシィ＝アストレア第二王子妃だ。

彼女は俺のことを実の弟のように可愛がってくれている反面、とてもスパルタだった。

せめて泳げるようにならなきゃと、以前こちらに滞在していたときに一週間みっちり水泳の特訓させられたんだよな。だからクロールだけはできるの。平泳ぎとかバタフライはできないけど。

あと義姉は、苦手な数学も教えてくれたし、魔術も少しだけ教えてくれた。指の怪我を治す程度の治癒魔術だけど。それから、焼き菓子も作ってくれたりして。すっごく可愛がってもらった覚えがある。

グレイシィ義姉さん元気かなぁ。

黒縁眼鏡が真面目な印象だけど、ぽってりとした厚い唇に、くっきり二重の大きな目はピンクゴールド、髪の毛はピンクブラウン、全体的にエロ可愛い印象だった。

あと、おっぱいがね、ボイン！

思い出したら、だらしねぇ顔になっちまったよ。

兄上うらやましすぎだぜ。あのおっぱい、独り占めだもんなぁ。

まぁそんなボインで面倒見のいい義姉のおかげで、泳げるデブになったわけよ。

ちなみに何度か出てきているエルウィン＝アストレアは、この国の第二王子で、魔術の学び舎として名高いマリウス鍛練所の所長だ。さらには宮廷魔術師長として、既に王政にも携わっている。二足のわらじと言うにはあまりにも凄すぎる肩書きが二つ。もう超人と言ってもよいぐらい。……ただ、どうしようもないブラコンだ。

俺のことが大好きでしょうがない。

実家に帰ってくるたびに、必ず俺にハグ、ハグ、ハグ、そして頬ずり……正直うざい。手紙も頻繁に来るし、俺の好きなスイーツもしょっちゅう送ってくるし。俺をデブにした原因の一つではあるわな。

減量中だから、お菓子は送らないでくれと手紙に書いたら、今度は大量の肉が送られてくるようになった。肉はいいけどな。筋肉作るのに肉は必要だから。

母上は、俺を甘やかす兄さんに何度か苦言を呈(てい)しているみたいだけど、聞いちゃいない。引きこもって社交界に出ようとしない俺を見て、嘆かわしく思うどころか、「このままでも構わない。僕が一生面倒見るし」とか言っていたくらいだからな。

親馬鹿もとい兄馬鹿。他の事では優秀なのに、俺のことが絡むと馬鹿になる。でもそんな兄に、いつまでも甘えるわけにはいかない。

俺は剣を携えて、護衛のモリス＝ヴァレンシュタインの部屋を訪れる。モリスの部屋は不測の事態が起きたときいつでも駆けつけられるように、俺の部屋の隣にある。

「モリス、今までずっと引きこもってばかりでゴメン。これからはきちんと剣術の稽古もやるつもりなんで」

「本気ですか？」

「本気だ。痣(あざ)ができようが、多少怪我しようが、母上やセネガルに訴(うった)えたりしねぇよ」

「……承知しました」

モリスは半信半疑で俺のことを見た。無理もないよな。記憶が蘇る前の俺は、剣の稽古も嫌がるし、引きこもりだから護衛のしようもない。食って寝てばかりの護衛対象で全く働き甲斐がなかったと思う。

でもこれからは違う。俺も王子として、また領主の息子として自分の身は自分で守れるくらいの剣術を身につけなければならない。

「まだ本格的な剣術を教えるには基礎体力ができていませんからね。まずは体力づくりからです」

最初は剣の素振りを百、二百、三百と回数を徐々に増やすことから始めることになった。

あと柔軟体操とランニング。少し前までは走ることも出来なかったけれど、毎日少しずつ続けているウォーキングとスイミングが功を奏したのか、だんだん走れるようにもなってきた。

山道はさすがに息が切れるけれど、こいつを乗り越えたらかなりのカロリーが消費されるはず……と自分に言い聞かせながら走り続ける。

モリスは、どうせ三日坊主で終わると思っていたようだが、半月経ってもトレーニングを続けている俺のことが信じられないみたいだった。

「失礼を承知で尋ねますが、一体、どういう風の吹き回しなのですか？」

剣の素振りを百回終わらせた俺は汗を拭きながら答えた。

「まぁ、思い出したからには、もう立ち止まるわけにはいかなくなっちゃったってトコだね」

「……？」

モリスは怪訝(けげん)そうな顔をするばかり。何を言っているんだ？　って顔しているよな。うーん、こっちもどう説明していいのかよく分からないからなぁ。「とにかく今はやる気になっているから」と言って、続けてもう百回素振りをすべく再び剣を振り始めた。

食事制限もきちんとして。勉強もがんばります。もちろん、魔術の訓練も怠りません。

「防御壁(シルウォール)っ！」

両手を前に出し呪文を唱える。すると俺の肩の高さぐらいある透明な壁が立ちはだかる。

「うーん、あと少しね。せめて自分の背丈を超えるぐらいの壁を作らないと」

……確かにこれじゃ、頭は防御できねぇもんな。

「でも最初は消しゴム程度の大きさしかできなかったのが、三日でここまで来たんだから大した進歩じゃね？」

「あんたと同い年の子達は、もう身の丈(たけ)の壁ぐらい作れるわよ」

バシッッッ!!

頭をハリセンちゃんで叩(たた)かれた。

痛(い)てててて。

そうか、皆身の丈ぐらいの壁は作ることができるのか。ううう、俺、相当出遅れているんだな。引きこもって、何もしていなかった自分が悪いんですけどね!!

「今日はここまでにしましょ」

そう言って先生は魔術書をパタンと閉じた。

「いつもより終わるの早いっすね？　何か用事でもあるんですか？」

「ええ、王都にある洋服屋でバーゲンあるのよ。掘り出し物探さなきゃ」

「……」

　ジュレネ先生は買い物好き。というか浪費家。着てくる服も毎回違うし、アクセサリーも高そうなものつけているし。この世界の服にしては、お洒落(しゃれ)な服をセレクトしてんだよな。

　でもこの世界の服は、俺から見たら、どうも全体的にやぼったいというか。ルイ何世とか、アントワネットが着ていそうな服なんだけど、あれよりもずんどうだったり、地味だったりしてさ。それはそれで有りなんだけど。

　何か、こう、身体のラインに沿った気の利いたデザインってもんがないんだよな。それにアクセサリーも、ジュレネ先生がつけているのは、流行廃り(はやりすた)とは無縁なシンプルなものが多い。髪の毛はゴムで括(くく)ってあるだけ。気軽につけられる髪飾りも売ってないもんな。

　俺はポケットからあるものを取り出した。

「先生。この前俺が作ったものなんだけど」

「あら、何？　綺麗(きれい)な布の輪ね」

「シュシュっていうんですよ。先生、ゴムだけじゃ味気ないでしょ？」

　言いながら俺はさりげなく先生の髪の毛に触れる。さらりと綺麗な水色の髪の毛だ。

　俺はゴムで括ってある先生の髪の毛をシュシュでまとめる。そして鏡台の前に立たせ、後ろ姿が見えるよう手鏡に映す。

ピンク地に銀糸の刺繍。もらい物の高級ハンカチを改造したものだけど、うん、先生の水色の髪の毛によく映えている。

すると先生は瞳を輝かせ、何度も鏡で結び目の部分を見る。

「やっだ、可愛いっ！　すごく可愛い」

「本当によく似合ってます」

「やーん、有り難う!!」

ジュレネ先生は声を弾ませながら、俺に抱きついた。

「早速これから会うお友達にも自慢しちゃおっと」

頬を紅潮させ、身体をターンさせるジュレネ先生。水色のポニーテールが軽く揺れる。

喜んでもらえて何よりだ。

こんなに喜んでくれるのなら、今度は違う色のシュシュも作ってみようかな。

もっと気軽に使えるヘアアイテムも作りたいし、それから気の利いたデザインの服も作りたい。ジュレネ先生に似合う服、作るのもいいな。

色々考えたら楽しくなってきた。今日の晩、先生に似合いそうな服のデザインを考えよう。

先生に大好評だったこのシュシュは後に、社交界の中でも大いに話題となるのだった。

「まぁっ！　細くなったのね」

そう言ったのはレティーナ＝メルギドア女侯爵。

まだ残暑が厳しい季節。蒸し暑さのあまり、白レースの洋扇をぱたぱた扇いでいる。

意思の強さが滲み出たエメラルドグリーンの瞳に、蜂蜜色の髪は夜会巻きにまとめている。

この瞳の色は、アストレア王国が建国された時代に活躍した大魔術師、マリウス＝メルギドアの血縁である証で、俺や兄上の目も同じ色。つまりこの人は第二側妃であると同時に、メルギドア領の女領主でもある、俺の母親だ。

領主の仕事が多忙を極め、同じ屋根の下に住んでいながらも滅多に顔を合わせることがないので、久々に顔を見た息子が痩せていたことに、とても驚いたようだ。

ダイエットを始めて一ヶ月が経っていた。今のところは順調に進んでいると思う。

ウエストがだいぶスッキリしたかな。今まで着ていたド派手な赤い服がぶかぶかになったんで、自分で手直ししましたよ。メイドから裁縫道具借りて。

着痩せ効果のある黒を基調にしたジャケットに、たぷたぷの顎が目立たないようにタートルネックのシャツ、ズボンも細身に作り直した。裁縫をやっている俺を見て、メイドは吃驚していたけどな。

「母上、兄上は元気にしてた？」

「エルウィンはあなたと違って、自分の為すべきことを為していますよ」

「……ホントにスイマセン」

マリウス鍛錬所の所長として、さらに宮廷魔術師長として輝かしい活躍をしている兄上と、引きこもりな俺。謝るしかない。

母上は扇いでいた洋扇をパチンと閉じて、厳しい口調で言った。

「あなたもいつまでも引きこもってばかりいないで、たまには社交界に顔を出しなさい」

「社交界、っすか」

ああ、そういやここ数年行ってねぇなぁ。そりゃこんなデブリングが来たら女の子は引くし、野郎にはバカにされるし。惨めな思いをするのがオチだったからな。まぁ、それ以上に周囲の視線にビクビクしていたのが一番いけなかったんだろうよ。だって俺以外にもデブな貴族は結構いたけど、それなりに楽しく参加していたもんな。

ああ、やっぱ今までの自分をぶっとばしたい。

「社交界って具体的には何したらいいんだ？」

「デュラン、先程から何？　その言葉遣いは」

俺の砕けた口調に、母上は不快そうに眉を顰めた。

おっといけね。親とはいえ、年長者にはきちんと敬語を使わないと。

俺は咳払いをして言い直した。

「社交界に顔を出す、とは具体的に何をしたらよいのですか？」

「そうね。正妃様主催のお茶会……は荷が重すぎるわね。私のお友達のニーナが主催する、花を見る会に参加するのがいいかもしれないわね」

「……」

母上のお友達のニーナことニーナターシャ＝シュブリング第四側妃は、母上とは王城ではよくお茶を飲み合う仲だったらしい。前にも言ったが側妃となると、まずは王城内で暮らすことになる。しかし子供が生まれたら、離宮で暮らすようになる。他の側妃の嫉妬をさけるためや、生まれた子供の命が狙われないようにというのが主な理由とされているが、昔からの慣習なので諸説ある。

ニーナ妃も、第六王子のブレオ兄さんを生んだ後、王城を出て離宮で暮らしている。ちなみに母上は領主の仕事があったので、特例として王城と実家を行き来していたらしい。しかし兄上が出来た時、母上もまた自分の故郷に建てられた離宮で暮らすようになった。

ニーナ妃殿下と俺の母上は、お互いが王城を離れて暮らすようになってからもお茶会に呼び合う仲なのだ。

「えー、ブレオ兄さんも来るんデスよね。あの人は苦手だなあ」

「あら、ブレオはあなたのこと気に入っているのに？」

「……」

そりゃ気に入っていると思いますよ。絶好の憂さ晴らし相手だから。

奴は遊びにくるたびに意地が悪いこと言うんだよなぁ。まぁブレオも常に他の優秀な兄王子達と比べられているから、自分よりも劣っている弟（おれ）を見て安心したいんだろうなって感じ。だから嫌なんだよなぁ。

メンドクサいけど、引きこもっていた自分も悪いしな。少しはいい関係に持っていけるよう努力しますか。

そのブレオがウチにやってきたのは、それから三日後。

今までの俺だったら、奴を避けるように、離れの小屋に逃げ込んだり、どこかに隠れたりしていたところだが、今は逃げも隠れもしない。というか、腹筋運動で忙しい。

そこにドアをノックする音がした。

「はいはい、どーぞ」

軽く返事をすると、ブレオ＝アストレアが訝（いぶか）しげな表情で部屋の中に入ってきた。

ブラウンの髪、目の色もまたブラウン。ややでこっぱちで、鼻は細長く高い。全体的に顔は悪くはないかな……つり上がった目と眉毛、人相の悪さは本人の性格の悪さが滲み出ている感じだけどな。

今まではその顔を見ただけで怖がっていた俺だが（ヘタレすぎて泣けてくる）、これからはそんなことは有り得ない。何しろ二十八歳の前世の記憶を持つ俺だ。八つ年下のクソガキが何を抜かそうと、痛くもかゆくもない。

「あ、ども。お久し」

軽くブレオに挨拶すると、彼は俺を嘲笑いながら言った。

「……ふん、今日は逃げないんだな。というか、何だ、その喋り方は。どこぞの平民の悪影響でも受けたのか」

「……」

半分当たりかもな。前世の俺はこいつからすりゃ平民だもん。

「しかも、ずいぶん無駄に動いているみたいだが、ちょっとやそっとでその贅肉(ぜいにく)が落ちると思ったら大間違いだぞ」

せせら笑っていますが、もう大分落ちているんですけどね。でも顔のポチャ感がまだ消えないんだよな。俺が自分の頬を持ち上げ首を傾(かし)げていると、ブレオは可笑(おか)しそうに笑った。

「社交界でも話題だぞ。お前は引きこもりの豚だって。何をやっても駄目、身分しかない可哀(かわい)相(そう)な王子様だって嬉しそうに話していた奴らもいたよ」

可哀相ね。そんなの人に決められたくねぇなぁ。俺的には人の悪口を嬉しそうに言っている奴らの方が可哀相なんですけどね。

「で……何か用っすか？」

俺が尋ねると、ブレオはぎょっとする。

ああ、そうか。

今までの俺だったら、ブレオの言葉を聞いて泣きそうになっていたからなぁ。ごめんごめん、期待に沿えなくて。

「ふ……ふん。平民化が加速しているんじゃないのか？　そんな口調だと、王太子候補から外されるぞ」

「あ、俺んちは優秀な兄上がいるから大丈夫。俺、まず選ばれねーわ」

腹筋運動を淡々と続けながら言う俺に、ブレオは目を剝いて、唸るような声を漏らす。

「……少しは悔しそうな反応しろ」

「いや、でも本当のことじゃん？」

「開き直りもここまでくると哀れなものだな」

戸惑いながらも、鼻で笑ってみせるブレオに、俺は一度腹筋運動を中断し、まじまじとブレオの顔を見た。

「……え？　というか、ブレオ、まさか、自分が王太子に選ばれるとか思っちゃってる？」

「王子だから当然だろう？」

「いやいやいや、王子だからってなれるとは限らないじゃん？　俺ら以外にもあと七人……あ、この前、十番目の弟が生まれたから八人か。八人も王子いるんだぞ？」

「お前やそれ以外の弟達は論外だろ」

まぁ、俺が論外なのはいいとして、まだ子供の八番目の弟や、その下の弟達を論外と決めつけるのは早いと思うんだけど？　優秀な人間に育つ可能性だってあるわけで。

つうか、ブレオの根拠のない絶対的な自信はどっからやってくるんだ？？

「俺からすれば、ゲオルグ兄さんか、エルウィン兄さんが最有力候補だと思うんだけどなあ」

国内最大の兵数を抱える第一陸軍の司令官として活躍している第一王子のゲオルグ兄さんと、宮廷魔術師長として政治の中枢に携わっている俺の同母兄、第二王子のエルウィン兄さん。この二人は国王として申し分のない資質を持っている、と俺は思っている。そのことをブレオに言うと。

「何を言う、ゲオルグ兄は戦死する可能性が高いし、お前の兄貴だって政敵に暗殺される可能性大だろ。そうなると俺が選ばれる可能性はぐんと上がる」

希望的観測も甚だしい。しかも他力本願。

自分で何とかしようと思わず、誰かが有能な兄達を消してくれるのを待っているのかよ。しかも兄弟達は他にもまだいるんだぞ？

「……お前、第三王子、第四王子の存在忘れてないか？」

「あの人らは俺とどっこいどっこいだから」

「……」

第三王子であるザド兄さんは、既に戦で大活躍している猛者。第四陸軍司令官という役職にも就いている。

この第四陸軍に所属しているのは王室や貴族とはしがらみのない平民の兵士が多い。実質ザド兄さんが手塩にかけて育てた私兵のようなもので、手柄をもぎ取りに嬉々として前線へ赴(おもむ)く者が殆(ほとん)どだとか。
そんな第四陸軍を率いるザド兄さんは、王子らしからぬ気さくな人柄と漢気(おとこぎ)で、国民に絶大な人気がある
第四王子のシモン兄さんは病弱で社交界に出たことはないのだけれど、魔術はかなり出来ると評判だ。しかも勉強も相当出来るみたいで、特に生物学が得意らしい。その豊富な知識に、学者達も舌を巻くほどなんだとか。
――そんな凄い人達と自分がどっこいどっこいと言えるこの男、前から思っていたが本物の馬鹿だな。

ちなみにゲオルグ兄さんは第一側妃の息子で、俺より六つ年上の二十五歳。

ザド兄さんは第三側妃の息子で俺より四つ上の二十三歳。

シモン兄さんは第五側妃の息子で俺より二つ年上だ。

あとはブレオより半年先に生まれた第五王子がいる。こいつの母親は第六側妃だが、素行の悪さが目立った為、王太子候補から外されている。

ブレオの母親は第四側妃だけど、先に王子を産んだのは第五側妃や第六側妃だったんだよな。娶(めと)った順に子供が生まれるとは限らないからな。

第一側妃はゲオルグ兄さんが十七歳の時に亡くなり、第五側妃はシモン兄さんを産んでから半年後に亡くなっている。

第七側妃から第九側妃は、一人ずつ王子を産んでいて第八王子以下はまだ十歳にもなっていない子供ばかり。当然社交界には出てきていないし、離れて暮らしているのでまだ会ったこともない。

と、記憶の整理を兼ねてそんなことを考えていると、セネガルがお茶を持ってきてくれた。

ブレオはセネガルが苦手なのか、彼がお茶を入れている時は大人しい。

彼はいつも俺がブレオに意地悪を言われていないか監視に来てくれるんだ。

「で、一体何の用事でここに来たわけ？」

「本題から大分ずれてしまったな。ようするに、今度母上が主催するお茶会にお前も来いってことだ」

「ああ、それはもう返事出したけど？　今度行くからよろしくな」

「え……!?　返事を出したっっ!?　お茶会に行く？？？」

「だって母上が参加しろってうるせーし」

「デュラン様、お言葉が悪いですよ」

セネガルが紅茶を入れながら注意してくる。俺は軽く舌を出して、異母兄に言った。

「とにかく今回は参加するからさ」

「ふん、そんなこと言って、直前に仮病使って逃げるんじゃないだろうな」

「おう、その手があったか！」

「堂々と感心するんじゃないっっ……お前は本当にあのデュランなのか？？　何か、全然違う人間と話しているような感覚がする」

「え？　前からこんなもんよ？　俺」

「全然違う。まさか偽者か!?」

「じゃ、本物捜せば？　永遠に見つからないと思うけど」

「そうさせてもらう！」

そう言ってベッドの下やクローゼットの中、カーテンの裏をひっくり返すブレオ。

こいつホントに捜してるよ。

デュランはもっとビクビクした、気弱な人間のはずだって思っているんだろうな。

残念ながらそのデュランはもういないよ。前世の記憶が蘇っちゃった以上ね。

ひとしきり部屋の中、屋敷の中まで調べ回った彼はついに諦めたらしく。

「ふ、ふん。まぁ、お前はどうやら本物らしい」

「そらどーも」

魔術の本を読みながら、つれなく答えた俺に奴はややヒステリックな声を上げた。

「いい気になるのも今のウチだぞ！　いいか、一ヶ月後の茶会には必ず来いよ、必ず」

こうして異母兄は、逃げるなよ？　絶対参加しろ。と俺に繰り返し言いながら部屋から出ていった。

それにしても何で急にこんなに熱心にお茶会に参加させようとしてんだ？　今まではウチに来てまで、来いとは言われなかったけどな。

「最近有力貴族の間では、エルウィン様につく者が多くなっていると聞きます。それで他の候補者の皆様のお母さま方が、焦っておいでなのかと」

「へぇ、じゃあエルウィン兄上が王になる可能性がますます大きくなってきたわけか。――それと俺のお茶会参加とどういう関係があるんだ？」

「お茶会は社交の場。その場で、様々な評価がなされます。たとえエルウィン様の評判がよろしくても、そのご家族次第では、家名に罅(ひび)が入ることもあり得るわけで」

「ようするに、それが狙いなんだな？　挙動不審な俺が茶会に参加することで、母上をはじめウチが恥をかく。まぁ、それで兄上の求心力が衰(おとろ)えるとは思えねぇけど」

「まぁ、向こうからすればどんな形であれ、少しでもこちらの評判を落としたいってことなのでしょう」

「こぇぇぇな。お茶会主催しているブレオの母上って、ウチの母上の友達じゃなかったっけ？」

「ご友人だからこそ、嫉妬も人一倍かと」

「………」

まぁ、気持ちは分からなくもない。俺も専門学校の同級生がデザイナーとして売れ出した時、妬ましかったもんなぁ。しばらくの間、そいつと話したくなかったもん。いやいやいや、でも、そいつを陥れたいとは思わなかったぞ!?

やっぱ分からねぇなぁ。多分、俺が王位にまるっきり興味がねぇから、余計に分からねぇんだろうけど。何か、そういうのに巻き込まれるのは嫌だな。だからといって逃げるわけにもいかねぇよなぁ。

「まずは言葉遣いから正した方が良さそうですね。お茶会の場で、だけでも結構です。その砕けた口調をどうにかしてくださいね」

「わ、分かったよ」

「返事は分かりました、ですよ? 目上の方に対してはね」

「分かりました」

「私は目上じゃないから結構です」

「どっちなんだよ、もう」

口を尖らせる俺に、セネガルは可笑しそうに笑う。

へぇ、笑顔になると愛嬌あるな。何だか親しみが湧いてきたぞ。

社交で恥をかかないよう、言葉遣いはセネガルから習うとしよう。

あと、スミス先生にも聞いておくか。社交の場で役に立ちそうな雑学をな。

第二章 ★ 百人斬りの英雄

俺の名前はフレイム＝ヴァレンシュタイン。

騎士を生業とするヴァレンシュタイン家の四男だ。

ヴァレンシュタイン家はもともと平民だったが、先祖が戦場で輝かしい活躍をしたことで、子爵という爵位を賜った。それ以来代々有能な騎士を輩出してきた家だ。

そんなヴァレンシュタイン家には古くから伝わる慣習があって、男子は十二歳になると戦場に出る。親同伴なのだが、戦というものの惨状を目の当たりにした子供の心身状態を見て騎士の適性を見極めるのが目的だ。

もちろん最初は戦うわけじゃない。俺が初陣の時も安全な高台から見学……のはずだったんだけど、突然の雨がそれを許してくれなかった。

俺がいる場所が土砂くずれ。しかも混乱に乗じて、敵の軍勢であるリリザ軍がこっちに攻めてきた。俺は自分を守るために来る敵来る敵を倒し、さらに最後に襲ってきた、俺と同じ大剣使いの人物を倒した。

それがなんとその時の戦の指揮官だったようで、初陣にしての大活躍と大将を討ち取ったことにより〝百人斬りの英雄〟と呼ばれるようになった。

その噂は第一王子や第二王子の耳にも入ったらしく、

「フレイム、俺の所に来ないか。近々ウラトニア北部へ遠征に行く。お前の力を存分に発揮できると思うのだが」

と言ったのは第一王子であるゲオルグ＝アストレア殿下。第一陸軍の司令官で、現在、王位に最も近い人物の一人だ。ちなみにウラトニアとは、リリザと領土争いしている地域の名前で、騎士や兵士にとって、最も活躍できる場とも言われている。

アストレアには第一陸軍から第四陸軍、そして海軍が存在する。他国だと飛空生物に騎乗した騎士や兵士を集めた空軍も存在するらしいけれど、アストレアでは飛空部隊が陸軍に組み込まれている。中でもゲオルグ殿下が率いる第一陸軍は最多の兵数を誇る。

「フレイム、僕の元で学ばないか？　魔術を高めるマリウス鍛錬所は、様々なことも学べるし、君のスキルをさらに上げることができると思う」

と言ったのは第二王子のエルウィン＝アストレア殿下。

宮廷魔術師長として国政にも深く関わり、さらにマリウス鍛錬所の所長として後身の育成や魔力を使ったアイテムを開発、研究もしているやり手の第二王子。王位の近さは第一王子と張り合う実力者だ。ちなみに二番目の俺の兄、マルーシャ兄さんはこの方の側近だ。

さらに。

「フレイム、俺と一緒に来いよ！　お前と俺とで組めば、大陸統一も夢じゃなくなるぜ」

無謀な夢を語る第三王子のザド＝アストレア殿下は、大の戦好き。第四陸軍の司令官でもあり、同じく戦で活躍する第一王子のゲオルグ殿下とは考え方が違うようで犬猿の仲とのことだ。

独自に作り上げた精兵を率いて戦場を駆けめぐっている。兵士が王宮に縛られない、ザド殿下の子分……いや私兵であるため、村や集落で自然災害などが発生した時、何のしがらみもなく素早く動くことが出来る。人々がピンチのときに真っ先に助けに来てくれて、おまけに気さくな性格の第三王子は、民間人の間では絶大な人気がある。

この三人の王子が俺の主の最有力候補だが、どの王子もそれぞれ魅力的で、なかなか決められずにいる。

父は第一王子か第二王子のどちらかが安泰だろうと言っている。裏ではお互いにどう思っているかは分からないが、第一王子と第二王子は表面的には仲良くやっていると評判だ。恐らく、お互いがお互いを取り込みたいと思っている。故に、どちらかが王になっても、どちらかは最重要ポストに就く可能性が高いそうだ。

そうなると二者択一になるのだが……どちらもどうもピンと来ないというのが正直なところだ。

二人とも魅力的ではあるのだが、はっきり言って自分はそんなに戦は好きじゃないし、政治の中枢に関わりたいとも思わない。

俺は、出来たら旅に出て他国の景色や文化に触れたい、という漠然とした夢があるのだけど、我が家は騎士を生業とする家。そんな我が儘は通用しない。

そんな俺に、お前は選択肢があるからまだいい、と言ったのは三番目の兄であるモリス兄さん。

ちょっと前、我がヴァレンシュタイン家は祖父の借金によって、経済的な危機に瀕していた。そこに助け船を出してくれたのは、現在第二王子と第七王子の生母であり、第二側妃であるレティーナ妃殿下だ。彼女はその肩書きに加え、広大な領地を治める女侯爵としても采配を振るっている女傑で、国内屈指の素封家でもあった。

レティーナ妃殿下からの莫大な金銭的援助により、窮地を脱したヴァレンシュタイン家は、そんなレティーナ妃殿下の大恩に報いるため、ヴァレンシュタイン家の誰かがメルギドア家に奉公することになった。

そこで父上の命令により、モリス兄さんが第七王子の護衛として仕えることになったのだ。

ところがこのモリス兄さんが護衛することになった王子はとんでもない人物だったらしい。

ただでさえ王位から遠い第七王子という立場。しかも部屋に引きこもるばかりで食っては寝るだけの駄目王子らしく、兄さんは実家に戻るたびに仕え甲斐がない、とんだ貧乏くじを引いたと嘆いていた。野心家のモリス兄さんには、あまりにも物足りない奉公先のようだ。

まぁ、引きこもりだと、仕え甲斐がないというよりは、仕えようがないといった方がいいかもしれない。そういう意味では、今の俺は恵まれていることは確かだ。

誰を主君と仰ぐか決められないままのある日。俺は気分転換に遠出をしていた。

ワイバーンに騎乗し、しばし空の散歩を楽しむこと小一時間。しばらくしてワイバーンが舌をだし、少し荒い息を繰り返しはじめた。どうやら喉が渇いたらしい。

少し休もうと、小高い山の上に降り立ち、ワイバーンにも水を飲ませようと湖の畔までやってきた時、そこでがむしゃらに泳いでいる人間を発見。

な、何だ？？？

その人間はひとしきり泳いだかと思うと、陸に上がって草の上に寝転がった。

「よっしゃ、今日は一・二キロ泳いでやったっっ」

嬉しそうに声を上げている。

何となく興味が湧き、俺は彼の元に近づいてみた。そしてその目を閉じた顔を覗き込む。

うん、ぽっちゃりしてるけど、可愛い顔している。プラチナブルーの髪が綺麗だなぁ。触ったら気持ちよさそうな頬っぺだ。

思わず彼の頬を人差し指でつんつんしてしまう。軽く寝ていた様子の彼は「はっ」と両目を見開いた。

そして俺の顔を見た瞬間。

「ぎぃあああああっっっ!!」

何だ、人の顔見るなり、そんな怪物を見たような態度。

その人物は目を白黒させながら……いや白黒じゃなくて、白緑にさせながら俺に問いかける。

「……その後ろにいる巨大なトカゲは何？」

「え？　ああ……そっか」

その瞬間納得した。

彼は俺の顔を見て驚いたわけじゃなく、後ろにいるワイバーンを見て驚いたんだ。

「俺の乗り物だよ。ワイバーン。君、知らないのか？？」

「ワイバーン……ああ、そういや乗ったことあるけど、もっと小さかったような」

「チロは他のワイバーンよりも一回り大きいからね」

「そ、そっか。驚いてごめん。こいつの名前、チロっていうんだ。可愛い名前だな」

ワイバーンの平均全長が二メートルの所、チロは三・五メートルある。皮膚の色はダークブルーで翼開長は十メートル近くはある。

その時デュランがチロの鼻先に触れた。

まずい……っ！　不用意に撫(な)でたら噛(か)まれる。

俺は一瞬焦ったが、チロはデュランの手を噛まずに大人しく撫でられている。

しかも――

「クー……ッ！」

優しく鼻先を撫で撫でされて、チロは嬉しそうに鼻を鳴らしている。

驚いたな……俺以外の人間にそんな反応を示すなんて。

チロはワイバーンの中でも格別気性が荒い。

実はリリザ兵を何人か食い殺した過去があるくらいだ。でもそれには理由があって、野生のワイバーンとして群れで暮らしていたチロは、リリザ兵に襲われ仲間を殺されたのだ。チロは他の兄弟達と比べ体格が良かったので、生け捕りにされそうになっていた。

俺はそんなチロをリリザ兵から助けたという経緯があるので、俺にだけは懐いている。だが、基本的には人間不信で、他の人間にはなかなか心を許さない。俺の家族にすら、懐くのにかなり時間がかかったのだ。

だから初対面の人間に懐くというのはとても珍しいことだった。

「ところで、君はここで何をしているんだ？」

「ああ、ダイエット……じゃなくて、体を鍛えるために泳いでた」

「それはいいことだな」

「そういう君は？　ウチに何か用？」

「え⁉」

「あ、もしかして知らなかった？　ここ、ウチの敷地なんだ。一応」

「そ、そうだったのか。山が私有地だったとは」

「いや、まぁ俺も今の時点じゃここに住まわせて貰っているニートみたいなもんだし、ウチの敷地と言うのもおこがましいのだけど」

「ニート？　君の名前、ニートって言うのか」

「ちげーよ。俺の名前はデュラン」


デュラン？

第七王子がそんな名前だったような……いやいや、引きこもりの王子が、こんな所でがむしゃらに泳いでるわけがないよな。まぁわりとよくある名前だし、同名の少年だろう。

「俺はフレイム。よろしく」

「ああ、よろしくな。フレイム」

言いながらデュランは濡れた身体を拭き、着替えを終える。袖の短いシャツと作業着っぽい紺のズボンを穿いている。

「なんか、変わった格好だな」

「あ、これ？　Tシャツとジーンズだよ」

Tシャツ？　ジーンズ？　聞いたことがない服の名前だな。

「俺が縫って作ったんだ」

Tシャツの襟をつまみながらデュランは得意げに言った。

「え!?　君が作ったの!?」

「裁縫は得意だからな」

裁縫が得意……男なのに珍しい。

「でも、もっと色んな服とかアクセとか作りたいんだけど、家の中にあるもんだけじゃ限界でさ。このジーンズも、ヤマト国からの輸入品で、ウチの物置に置いてあった生地で作ったやつだし」

アクセ？？　よく分からないけれど、多分彼は服職人なんだな。職人ならば、男が裁縫得意でも全然不思議じゃない。だから色んな材料が欲しいのか。

「街に出ればいいじゃないか」

「簡単に言うなよ。俺はワイバーンには乗れねぇし、歩きだと麓（ふもと）の街まで三時間以上かかるし、そんなに長い間外出するわけにはいかねぇんだよ」

「チロに乗ればいい。そこの街までひとっ飛びだ」

「え!?」

デュランの目が輝いた。

「一緒に乗ればいいよ。なんならこれから行く？」

「あ、いや、でも心の準備が……その前に財布がないからっ!!　じゃあさ、明日も此処（ここ）に来てくれないか？　出かける準備しとく」

頬を紅潮させ嬉しそうに笑うデュランに、俺はドキッとした。

なんか、可愛い……。

すごく、魅力的な笑顔だ。人好きする顔っていうのかな。

「分かった、また明日此処に来るよ。昼過ぎぐらいで大丈夫か？」

俺が尋ねると、「問題ないよ」とデュランは頷いた。そして握手をするべく、俺に手を差し出して言った。

「じゃあ、また明日。一緒に町に出かけよう」

「う、うん」

まずい……まだ胸のドキドキが止まらない。俺は少し緊張しながらもその手を握り返した。デュランの手はとても温かくて柔らかかった。

その夜、俺はずっとニヤニヤが止まらずにいた。

ふふふ、約束してしまった。

眼鏡を外して、枕に顔を押し当てる。ちょっと興奮して寝られないかも。

くううう……デュランの笑顔がまだ頭の中に残っている。

可愛かったなぁ。男に対して可愛いは失礼なんだろうけど、でも可愛かった。プラチナブルーの髪の毛は艶々していたし、目の色は宝石のエメラルドみたいだった。

もっと彼のことが知りたい。彼と仲良くなりたい。

同い年の友達がほとんどいなかった俺にとって、デュランとの出会いは、嬉しい以外の何ものでもなかった。

きゃっほーっっ！　初めての遠出だぜいっ。

なーにしろ、ここ数年、前世を思い出すまでずっと同じ部屋に引きこもっていたし、そもそも屋敷の周辺から出たことなんかなかったしさ。

まぁ、俺の身分が身分だからな。仕方ないけど。

でも前から街に出て、色んな商品見てみたかったんだよな。

特に布類。

前に住んでいた世界と同じ布質のものが出回っていることは確かだ。ウチの宮殿の物置にはジーンズもあったし、合成繊維もあった。

しかし、ジーンズは生地の状態で置かれていたけど、この国ではちゃんとボトムとして使っているんだろうか？　そもそも、そこまで出回っているかどうかも怪しい。恐らく俺みたいに、前世の記憶を持った人間がもたらした技術なんだろうけど。布を作ることが出来ても、それが生かされてなかったら意味がないぞ？

街にどんなものが売っているのか見てみたい。

俺は湖を眺めながら、フレイムが来るのを心待ちにしていた。

それにしても、あいつイケてるメンズだったよなぁ。背も百八十以上はあったし、髪の毛は綺麗な紺碧だった。切れ長の目の色はブルーグレイ。ただ、眼鏡がダサい。あれは昭和初期にかけているような黒縁眼鏡だ。もう少しましな眼鏡ないのかな。街に行ったら眼鏡屋にも寄ろう。あいつに似合う眼鏡をコーディネートしたい。

程なくしてワイバーンのチロに乗ったフレイムがこちらに向かってくるのが見えた。俺が手を振ると彼らは湖畔に降り立った。

その瞬間、強い風が起こる。

ワイバーンのコウモリのような大きな翼は、軽く上下しただけでものすごい風だ。

「ごめん、待った？」

「ううん、ぜんぜん」

なんだか初デートの最初の台詞みたいだぜぃ。相手は男ですが。でも悪い気分じゃない。

フレイムが手を差し伸べてくる。その手を取ると彼は軽々とヘビーな俺を引っ張り上げ、チロの背中の上に乗せてくれた。

「大丈夫か？」

背後から囁くように尋ねられた俺は、ドキンっと胸が高鳴った。

息が温かいっつ。いやいや、相手は同性だぞ!?

しかも、男性的で精悍な体つきで、女の子のように可愛らしい顔しているわけでもない。

や、やっぱり男前すぎると、同性でもドキッとするよな。

「しっかり掴まってろよ？」

そう言って手綱を引くフレイム。

掴まってどこに？？

あ、鞍の前方にちゃんと持ち手があるじゃないか。俺はそれをぎゅっと掴んだ。瞬間、ワイバーンは上空へ飛んだ。

「す、すごい……っっっ」

俺は夢を見ているのか？

あっという間に自分の住む屋敷がミニチュアになっちまった。

しかも眼下に広がる山、山、山。山脈を越えると畑や民家が見え始めた。

うわぁ、真っ青な田園が広がっている。へぇ、あっちには茶畑らしきもんもあるな。あれは何を育てているんだ？　何かの野菜みたいだけど。前世では祖母ちゃんが農業やってたから、そういうのも少し気になるんだよな。


そんな景色を楽しんでいる内に、徐々に民家が密集するエリアに来た。

ああ、街に来たんだな。

ワイバーンが降下し、街のはずれにある広い公園に降り立つ。芝生が広がるその場所は、飛空生物が降り立つ場所で、待機場所にもなっている。

へぇ、ワイバーンの他にも、ミニドラゴンや一角大トカゲもいるなあ。

チロには公園で待機してもらい、俺達は街中へ。

このミルドの街はメルギドア領においては一番活気に溢れた街だ。王都の次に大きな街、とも言われている。大きな通りには屋台がいっぱい。

うわぁ、あの串肉うまそう！　それにあれはポテトフライか？　魚の塩焼きもいいし、果物の串刺しもいいなぁ。やば……ダイエット中だってこと忘れそう。でもたまには自分にご褒美しとかなきゃな。チートデイも必要だ。

「ここの串、塩胡椒がきいてて美味いよ」

そう言って串肉を買ってくれた。レムール産の良い牛肉を使っているらしい。柔らかくてうんめぇ。

「あ、あそこのフルーツジュースも美味しいよ」

フレイムが手を引いて、ジュースが売られている屋台の方へ連れて行ってくれる。

なんかデートみたいだな。男同士だけど。ははは、でも楽しいからいいや。

フレイムの言うとおり、採れたて果実のジュースは最高だ。俺がブドウジュースをストローで飲んでいると、ふと視線を感じる。

……なんか、じっと見られているな。

イケメン様にガン見されたら、ちょっと照れるんですけど。

「どうした？　俺の顔に何かついている？」

「いや、幸せそうに飲んでいるなぁって」

うん、確かに幸せな気分だけどな。

久々の遠出だし、生まれ変わって友達もあまりいなかった俺にとって、フレイムと一緒に美味しいジュースを飲んでいるこの時間はとても新鮮だし幸せだ。

前世では友達も多い方だったからなぁ。

記憶を思い出してからは、今まで引きこもって誰とも仲よくしようとしなかった自分が、信じられないんだよな。

つくづく無駄な青春を送ってしまった、と思う。

「フレイム、ありがとな。ここに連れてきてくれて」

「どういたしまして。俺も友達と街を出歩くことってあんまりなかったから、今凄く楽しい」

そう言って嬉しそうに笑うフレイムに、俺は一瞬ドキッとした。

ん？　ドキッ？　いやいや、何をときめいておるのだ。

フレイムと俺はあくまで友達。しかも友達になりたてのホヤホヤだ。いくら芸能人真っ青のイケメンで、一緒にいて居心地が良くて、うまが合うとしてもだ。俺は基本女の子が好きなわけで。

……いや、だから、あんまりこっちを見るなって。

何だか恥ずかしくなり、視線をジュース屋の方に持っていく。ふとジュース屋さんのお兄さんが着用しているエプロンの生地が、ジーンズの布であることに気づいた。

「お兄さん、そのエプロン……」

「ああ、ウチの嫁さんが作ったんだけど、結構丈夫で気に入っているんだ。そういや、兄ちゃんのズボンも、こいつと同じ布なんだな」

「そうなんだ。頑丈だから重宝してる。その布ってどこの店で買ったんだ？」

「ホルティ布店だってよ。色んな国の布を仕入れて扱っている」

「その店ってどこ？」

「ああ、それならそこの道の突き当たりだよ。賑わってる店だからすぐ分かると思うよ」

ふうん、ホルティ布店ね。

屋台で軽くおやつを食べた俺達は、さっそく布が売られている店へ行くことにした。

ホルティ布店はドーム状の屋根が特徴的な煉瓦造りの建物だった。壁にはツタがからまっていて、シンプルな白壁の建物が多い中、ひときわお洒落な建物だ。他の店に比べ、やや大きめな店構え。なるほど、多くのお客さんが出入りしている。女性が多いけれど、職人ぽい男性もいるな。

店内に入ってみると……おおお、沢山の布が並んでいるっっ。

オラ、わくわくすっぞ！

思わず某少年漫画の主人公みてぇなことを言っちまったけど。

布だけじゃなく手芸用品もあるぞ!?

ボタンや糸、ビーズ、針も何種類もあるな。その中でもある機械に目がいった。

「まさか……ミシンか!?」

店内の中央に置いてあるそれはどこからどう見てもミシンだ。

やっべっ、布も買いたいけど、こいつも買いたいっっ。三十万ジル……かなり高いがこいつは買う価値ありだ。ちなみにジルはこっちのお金の単位。

「それは極東の島国、ヤマトから輸入されたものです。魔力で動くようになっています」

そう言ったのは店員であろう若い兄ちゃん。

魔力は前世でいう電気のような役割も果たすからな。

「ヤマト……なるほど。向こうはかなり進んでいるな」

「そうですね。あちらの機械技術は世界でも驚く程です。この布もヤマトからのものですが、通気性と速乾性に優れています」

「おお、レーヨンと綿をあわせた合成繊維だな。こいつはすぐに乾きそうでいいな」

「あとこちら、見てください。一見獣の毛のようですが、これも合成繊維から生まれたものらしいです」

「おおお、フェイクファーだ。しかも色んな種類がある」

「これもヤマトからの輸入品です」

「だろうなあ」

俺はますますヤマトという国に興味が湧く。

「他にはヤマトからの品物ってないのか？」

「……ええ、何しろあの国は現在鎖国状態。輸入が許されている場所もごく一部なもので、なかなか出回らないのが現状で」

「ふうん？」

鎖国って何か昔の日本みたいだな。しかも長崎の出島みたいな場所もあるらしい。

ふと、先ほどと同じ綿の布なのに、値段が違う商品に気づいた。しかも倍以上違う!?

札には＋(プラス)防御魔術と書かれている。

「これ、さっきと同じ布だよな？　厚さも同じだし」

「これは布に魔術を織り込んであるのです。こちらは防御系の魔術が織り込まれています」

「マジかよ……じゃあこの服着ていたら、初級の攻撃魔術程度ならはね返せるってこと？」

「ええ。それ以上強力な魔術を受けても、損傷を軽減してくれますしね。防御壁と同じ効果を発揮します。でも繊維が傷むと効果も減るので、完全なる防御というわけにはいかないのですが」

「すげぇな。こいつはどこの国から？」

「こちらは国内ですが、エルフ族の村で作られているものです。魔術を織り込む技術は、彼らにしかできないのですよ」

ものすごいレアアイテムってことか。じゃあこの綿でシャツ作れば防御力の高いシャツができあがるわけだ。

「こちらの厚手の布はそちらの数倍の防御効果があります」

「マジかよ。他の色はないのか？」

「今のところは、この一種類だけで」

申し訳なさそうに兄ちゃんは言った。

まぁ、そうだよな。レア中のレアアイテムだから仕方がない。

「ただ王都の本店には、これよりも多く取り扱っていますので、希望に沿えるものがございましたら、お取り寄せすることは可能ですよ」

「へぇ、王都に本店があるんだな。その内、お願いするかもしれない。とりあえず今回は、ミシンと糸、それからこのビーズと、＋防御の綿と厚手のウール、それからプラチナミンクの生地と、このフェイクファーのピンクとグレイとブルー……」

「へ……!?　あの、〝ミシン〟もですかっ!?」

目をまん丸にする服屋の兄ちゃん。まぁ庶民じゃ手の届かない代物だよなぁ。

三十万ジルだもんなぁ。

色んな布や裁縫セット、小物も買ったので何だかんだで、しめて総額五十万ジルも使ってしまった。

本当に実家がお金持ちですいません。親のすね齧り虫ですいません。きちんと自立できるように頑張りますんで。

——こういう考えになるのは、やっぱ前世が庶民だからだろうな。

きっと今までの俺だったら、当たり前のように親の金使っていたと思う。もっとも引きこもりだったので、実際のところそんなに使ってないんだけど。

しかしさすがに沢山買いすぎた。百六十サイズの段ボール二つ分……困ったな。持ち帰るにしてもワイバーンに乗せるのも大変だぞ。

すると店員の兄ちゃんが「よかったら後日、自宅に送りますよ」と申し出てくれた。

俺はさっそく宛先の紙に住所を書く。その住所を見て、店員の兄ちゃんは吃驚仰天。

「あ……メルギドア家の方でしたかっっ。え……でも、まさか…ええ!?」

「ここに来てるの内緒な」

俺は片目を閉じて、人差し指を口に当てる。

ははは、住所で身元バレちゃった。でも、この布屋とは今後も付き合いたいからちょうどいいか。

「そ、そうでございましたか。あ、申し遅れました。私はランス＝ホルティと申します」

「もしかしてここの店長さん？」

俺の質問に、兄ちゃんは頷いた。若いから店員さんかと思っていた。

「本店は兄が、支店は私が担当しております。何かありましたら是非」

恭しく頭を下げられてしまった。

第七とはいえ、やっぱ王子って立場は特別なんだな。平民感覚が抜けない俺としては、なんだかむずがゆい感じがして仕方がないや。

店を出るとフレイムはベンチに座って串刺し肉を食っていた。

布のことは分からないから外で待っているって言っていたけど……、一体串肉何本食ったんだ？　右手には鶏串二本、牛串一本。左手には食べ終わった楊枝の束が。通行人の女の子も少し引いてるし。

そんだけ食べて、その細マッチョ体型が維持出来るのは凄い。あ、でも肉は筋肉を作るタンパク質の元だから食べた方がいいのか。いやいや、それでも食べ過ぎなような気もするけど。

「ごめん、待たせちゃった？」

「全然。まだ食べたりないから、そこで肉パン買おうかと思ってたところ」

「……そうなんだ」

その上まだ肉パン食べるのかよ。食べている以上に、鬼のように動いているんだろうな。

とりあえず彼の腹が満たせるよう、肉パンの出店に行くことに。肉パンはパン生地に黒胡椒がきいた、挽き肉あんが入った極上のB級グルメだ。

う〜ん、うめぇ。食べ歩きも久しぶりだなぁ。肉パンに舌鼓を打ちながら、今度は眼鏡屋に行くことに。

「え……俺も行くのか？？」

目をまん丸にするフレイム。

「おめーが来なきゃ意味がないっつうの」

フレイムの手をぐいぐい引っ張って、眼鏡屋の中へ入る。

店内には様々な眼鏡が売られている。へぇ、ちゃんといいのもあるじゃん。薄いレンズに銀縁。比較的現代の眼鏡に近い。それに縁がないタイプもある。

どれをかけてもイケメン様はよく似合う。

「お、グラサンもあるじゃん」

「グラサン？」

「あ、色付き眼鏡のことね」

こっちではサングラスのことを色付き眼鏡と呼んでいる。

そこに店員がやってきて、

「こちらは、ヤマトからの輸入品ですが、あまり売れませんね。よく見えないからって」

なんてことを言っている。

え？　こっちの世界の人ってもしかしてサングラスの使い方、知らないのか？

「フレイム。ワイバーンに乗ってる時、太陽が眩(まぶ)しい時ってないか？」

「ああ、けっこうあるな」

「そういうときに、こういう眼鏡使うんだよ」

「ああ、なるほど」

フレイムと店員はまるでリンクしたように、手をぽんっと打って同時に言った。

さっそくフレイムにグラサンをかけてもらうと、あまりの格好の良さに思わず店員さんと一緒になって感心しちまった。

あと気分を変えて青緑の眼鏡。うんうん、知的な感じで格好いいな。でも一番似合うのは縁なしの眼鏡か。こいつがいちばん素顔に映えてよく似合う。

「フレイム、度はあっているか？」

「ああ、問題ない」

「じゃ、こいつで決まりだな」

「え？」

ぎょっとするフレイム。俺は店員のおっさんに言った。

「この縁なし眼鏡と色付き眼鏡ちょうだい」

「ありがとうございます」

ほくほくした表情でお辞儀する店員と俺を見比べながら、フレイムは焦(あせ)ったように俺に言う。

「ま、待て。俺は眼鏡を買う金なんか持ってきてないぞ」

「気にすんな。俺の奢(おご)りだ」

「は!?」

「いわゆる交通費。タダでここまで乗せてもらってんだ。お礼ぐらいさせてくれよ」

俺は片目を閉じて言った。そして店員が持ってきた縁なしの眼鏡を受け取ると、俺はフレイムにそれを掛けた。

「うん、男前が倍増したっ！」

自分のコーディネートで格好良くなった人間を見ると、何とも言えない達成感を感じる。もっといえば服もコーディネートしたいけど、服はあんまりいいのが売ってないんだよなぁ。

大抵、だぼんっとしたチュニック系が多くて。

今度こいつに合うような服、俺が作ろうかな……というか作りたい。

フレイムは照れているのか、少し俯(うつむ)いて顔を赤くしていた。

俺は再びドキッとしてしまう。

可愛い顔するんだな。フレイムって。

俺よりも身長が高くて、精悍な体つき。騎士だからか、立ち振舞いも隙がなく顔つきも硬かったりするけど、今の表情は反則なくらい可愛いぞ。

うん、絶対こいつの服を作ろう。今よりももっと格好良くなるはずだからな。

となると、こいつの体型を採寸しとかないとな。

俺はじっとフレイムを見詰める。スリーサイズ、袖丈、太股(ふともも)と首回り、股下……本来ならメジャーで採寸するところを、俺は相手を見ただけで採寸ができる。

専門学校時代、俺のこの特技は神業(かみわざ)、もしくは神スキルと呼ばれていた。不思議と頭の中でサイズが数値になって頭に浮かぶんだよな。

フレイムは俺の視線に気づいたのか、まだ俯いていた……いや、恥ずかしがらなくていいから。


楽しい時間はあっという間だ。

眼鏡屋を出ると、もう夕暮れが迫っていた。やばいなぁ。さすがにセネガルも心配するよな。

フレイムと待ち合わせた湖に戻ると、案の定。

畔ではセネガルと、それから護衛のモリスも腕組みをして立っていた。

「デュラン様ッッ、どこへ行っていたのですか⁉　湖に泳ぎに行くって言ったきり戻ってこないなんて心配するじゃないですか‼」

「あ、ごめんごめん。昨日知り合ったフレイムに頼んで街へ連れて行ってもらっていた」

するとと今度はモリスが目を三角にして声を上げた。

「フレイムッ⁉　一体どういうことだっっ⁉」

「モリス兄さん⁉　い、いや、俺はただ頼まれたから、街に連れて行ったんだけど……何かまずかったのか⁉」

モリス〝兄さん〟って……こいつら兄弟⁉　全然似てねぇ‼　髪の毛の色だって違うし。

紺碧色の髪のフレイムに対して、モリスはオレンジがかった茶色だ。でも目の色は同じブルーグレイ。顔立ちも、現代風なイケメンのフレイムに対し、前世の祖母ちゃんが好みそうな厳（いか）

ついイケメンのモリス。タイプも全然違うしっっ。

「まずいも何も、この方は一応、この国の王子なのだぞ⁉」

一応、ね。あの、モリスちゃん、一応は余計だぞ？

モリスのその言葉に、フレイムは目をまん丸にし、俺とモリスを見比べていた。

「えええっ⁉　じゃあ、この方があの引きこもりのダメ王子っっ⁉」

「……こら、フレイム、何てことを‼」

「だって兄さんが言ってたじゃないか」

ほほお、モリスちゃん。ってことは普段、おめーは陰で俺のことそんな風に言っていたのね。

まぁ、ホントのことだから仕方ないけど、そんなモリスを、セネガルはものすごい目で睨んでいる。

「話と全然違うじゃないか。全然引きこもってないし、何がどうダメなのかもよく分からないんだけど？」

「お前は思ったことをそのまんま口に出すな。殿下は最近変わられたのだ。部屋に引きこもることもなく、むしろ闊達な毎日を送っている。特に剣術の成長は目を見張るほど。俺も教えるのが楽しみになっている」

「そうなのか。じゃあこれからも、もっと精進するよ。モリス」

「その意気です殿下……って危うく丸め込まれそうになりましたけど、殿下、ウチの弟を使って勝手に街に出た理由がまだ聞けていません」

「ちっ……」

「デュラン様、何ですか、その舌打ちは⁉　はしたないですよ。もう少し行儀良く」

今度はセネガルがすかさず注意してくる。

あー、こりゃまた説教が長くなりそうだな。

「おかえり。今日はどこか行っていたのか？」

家に帰ると、珍しく二番目の兄がいた。

マルーシャ＝ヴァレンシュタイン。代々有能な騎士を輩出しているヴァレンシュタイン家の次男。第二王子エルウィン＝アストレア殿下の腹心であり、俺にとってはモリス兄さんのさらに上の兄。ミルクティ色の髪にブルーグレイの目は線のように細い狐目だ。

マルーシャ兄さんは、エルウィン殿下の側近としていつも多忙な日々を送っており、ここ最近はエルウィン殿下の邸宅か、マリウス鍛練所に泊まり込むことが殆どだ。

たまに実家に戻った時は、こうして好きな紅茶を飲んでのんびりしていることが多い。

マルーシャ兄さんがソファに座るよう勧めてきたので、俺は向かいに座ることにした。

「友人と街に出かけていました」

第七王子と街に出かけた、ということは言わない。モリス兄さんに固く口止めされたし、その場にいたセネガルさんからも、「今回はあなたがご存じなかったということもあり、目をつぶっておきますが、このことは、ここだけの話に」と言われていた。

「珍しいね、君が友達と出かけるなんて。その眼鏡は今日新調したのか？」

「ええ……友達に買って貰ったんです」

「買って貰った？　眼鏡を!?」

この国の第七王子に買って貰った、とは言えなかった。

でも、眼鏡はかなり高額な品物だ。下手(へた)をすると新しい剣が買える程の値段になる。

そんな物買ってくれる友達って、どんな友達だよ？　と言いたげな目で、マルーシャ兄さんは俺をじっと見ている。

「今日、友達をチロに乗せて、街へ出かけたのです。それの交通費だって言って、この眼鏡を買ってくれて」

「それは恋人か？」

「え!?」

「好きな人に見立てて貰ったんだろ？　その眼鏡」

「好きな人……」

好きな人？

俺がデュランを？

かぁぁぁぁっと顔が熱くなる。

確かに可愛いと思ったし、明るくて屈託なくて、一緒に話していても楽しかったし、話していない時でも居心地がよかった。

それに眼鏡を見立てている時のデュラン、目がすごく真剣で格好良かったな。

俺みたいに戦う人ではないのだろうけど、物事に真剣に向き合う目は、戦う人間の目と同じだ。

凄く魅力的な人だとは思うけど。

え？

俺はデュランのこと好きなのか？


「なんだ、自覚がないのか。その友達の話をしている時、頬が緩んでいたぞ」

「そ、そうかな」

「で、どんな人なんだ？」

「うーん、ちょっとぽっちゃり系かな。でも目が凄く綺麗な子だったよ。髪の毛はプラチナブルーで」

思い出すと、何だか胸が締め付けられる。あの笑顔にまた会いたい気持ちがこみ上げて。

そんな俺がマルーシャ兄さんにはどう見えたのか、何だかニヤニヤ笑っている。

「ふうん？　ぽっちゃりは意外だな。でも、まぁ、可愛いんだろうな」

「すごく可愛いよ」

「良かったな。その人のこと大事にするんだぞ」

「あ、ああ」

相手は王子様だし、既に色んな人から大切にされているとは思うけど。でもデュランとの出会いは大切にしたい。

また、会うことは出来ないだろうか。そういえば、今度ニーナターシャ第四側妃のお茶会が開催される。実は俺もその時は門番として出動予定だったし、ヴァレンシュタイン家の一員としても参加する予定だ。

その時には名だたる王族貴族達が来るという話だけど、デュランも参加するのだろうか？

もしそこで会えたら、もう一度話がしたいな。

その後、俺はしばらくの間外出禁止令が出されてしまった。
まぁ当然だよな。黙って街へ出かけたのだから。フレイムもモリスに怒られたみたいで、何だか悪いことをしてしまったな。
そのモリスもまた、セネガルに「何故今まで、デュラン様が水泳している時に見張っていなかったのですか？　職務怠慢ですよ？」と叱られたらしい。

湖での水泳だけは許されたけれど、必ずモリスが付いてくるようになった。


「伸ばす手はまっすぐに。顔は上げすぎない！」

モリスは俺の泳ぎのフォームを指摘しては「スピードが落ちてる」とか「あと五往復っ！」って、アスリートのコーチみたいなこと言ってくる。おかげで前より数倍の距離が泳げるようになった。

引き続き剣の訓練、あとミニドラゴンの乗り方も教えてもらうことになった。

「いつかご自分で街に出られるように、乗ることが出来るようになった方がよろしいでしょう」

ミニドラゴンを連れてきた際、モリスはそう言ってくれた。街に出たくてウズウズしている俺の気持ちを汲んでくれているようだった。

気性が穏やかなミニドラゴンは、他の飛空生物に比べて乗りやすいそうだ。スピードはあまり出ないみたいだけど。

ミニドラゴンはとても人懐っこい奴で、出会ってすぐに俺にすり寄ってきた。身体はワイバーンよりも二回りほど小柄だ。目はくりくりしていて、顔は可愛らしいが、既に成獣らしい。

撫でると「きゅううんっ」と甘えた声を出す。

「ふむ……殿下は動物に懐かれやすいのですね」

珍しく感心したようにモリスは言った。ミニドラゴンは腹を出して、甘えたように俺を見ている。

「通常プライドの高いドラゴン族は腹を出したりはしないのですが」

「え？　そうなの？？」

ミニドラゴンやワイバーンの種族はドラゴン族と言われている。いずれも先祖がドラゴンだからだ。

「このミニドラゴンは、顔も能力も可愛らしいくせに、プライドはドラゴン族と同じく非常に高いんですよ。自分より弱い人間は絶対に乗せませんしね」

「え!?　じゃ、俺は駄目なんじゃ」

「まぁ、そうはいっても初級魔術が使えるレベルの者であれば大体乗れるので安心してください。それにこれだけ腹を見せているということは、むしろ〝自分に乗ってくれ〟と主張しているようなものです」

「そ、そうなんだ」

なんか祖母ちゃんの家にいた猫思い出すな。ミー助の奴元気にしているかな。ハチワレがチャームポイントの白黒猫だったんだよなぁ。

俺はミニドラゴンの腹を撫でる。すると嬉しそうに「きゃううう」と声を上げ身体をよじらせてきた。猫よりはるかにでかいけど、これはこれで可愛いな。

「こいつの名前はなんて言うんだ？」

「名前はまだないんですよ」

このミニドラゴンはモリスの実家にいるミニドラゴンが産んだ子供で、乗り手がいないまま大人になった個体らしい。

「じゃ、名前は龍太郎（りゅうたろう）な」

「リュータロー？　変わった響きですね」

「異国の国の名前だよ。龍はドラゴン。太郎は男によくつける名前」

「……殿下、コレは雌なのですが」

「え!?　女の子だったのかよ!?」

「じゃあ、お前の名前は龍美（たつみ）だな」

俺はミニドラゴンの頭を撫でながら言った。

「タツミ？　また、変わった響きですね」

「ああ、こいつも異国の言葉だ。龍はドラゴン。美は美しいって意味だよ。よろしくな、龍美」

初っ端（しょっぱな）から懐いてくれたおかげもあって、半日もしない内に龍美を乗りこなせるようになった。

三日後には龍美に乗ってモリスと一緒に街に出られるようにまでなった。この前みたいに楽しいショッピングってわけにはいかなくなったけどな。

でも服やアクセサリーを作るのに必要なものが、いつでも買いに行けるようになったぞ。

モリスは無愛想だけど、なんだかんだで俺の面倒を見てくれる。

今まで引きこもりだったから、モリスからすればつまらない主人だったと思う。あの頃よりは少しでもマシな人間にならないとな。せっかくモリスみたいに優秀な騎士が俺の元に来てくれているのだから、がっかりさせないよう精一杯がんばらねぇと。


食事制限と運動により、体重を落とした俺は、筋肉をつけるトレーニングをはじめるようになった。筋トレを指導するモリスは、なんだか生き生きとしている。筋肉には鶏の胸肉がいい、馬肉がいい、ポロロの実がいい、豆類も積極的に取るようにとか、食事指導でも驚くほど饒舌。


寒くなって湖で泳げなくなってからは、トレーニングはランニング中心になった。でもモリスはダンベルの形をした石を持ってきたり、サンドバックみたいなものを作ったり、腹筋ローラーみたいなものも作ったり。

もう完全にね、俺をキン肉マンにするんだと言わんばかり。

何か、俺ライ○ップやっている気分。

剣の稽古に加えて、筋トレもするようになったおかげで、まだムキムキってわけにはいかないが、肩と腕はがっしりしてきたぞ。腹も凹んだしな。こいつがシックスパックになれば完璧だが、なかなかこれが簡単にはいかないらしい。

魔術の稽古も抜かりはない。

剣の稽古で出来た左の指の肉刺（まめ）を右手の指先に光を集め、肉刺の部分に押し当てる。そうするとあっというまに肉刺はなくなり綺麗な指に。お陰様で剣の練習をしまくっても、手はツルツルツヤツヤですよ。

「デュランちゃんは癒しの魔術が得意なのね」

ジュレネ先生は感心したように言った。確かに火や水の魔術より、癒しの魔術の方がすんなり出来たような気がする。

「癒しの魔術は大事だからいいことね。あとは火と水の魔術のレベルが上がるように頑張らないとね」

「はい」

最終的に、雨を呼び寄せる「雨寄せの術（レイク・フォーレ）」が使えるようになりたいんだ。

この前、初級魔術師のテストには合格できたけど、雨が呼べるようになるのは中級……しかも上級に近い中級にならないとダメ。同じ中級でもピンキリあるんだと。

もちろん初級の中でもピンキリ。俺は癒し系の魔術だけは、中級レベルなんだと。防御魔術もわりと得意な方かな？　防御壁は二階の高さまでいくようになったしな。

あとは壁の横幅を広げられれば、自分だけじゃなく味方の防御も可能になる。でも俺の攻撃魔術は初級中の初級のレベル。まだまだ練習が必要だ。

「先生、また新作が出来たから着てみてくれない？」

「ＯＫよん」

授業終了後、俺が作った新しい作品をジュレネ先生に着てもらうのがお約束になっていた。

今日は胸元と袖がシースルーのワンピース。色はネイビーで、一見シックだけど、胸元にあしらったシースルーレースで華やかにも見える。ボトムはタイトスカート風だが、中央にスリットが入っていて、素足ではなく薄手のレギンスがチラ見えする。

身体は男性だけど、心は乙女な先生に相応しいワンピースだ。

「ベルトをつけた方が、しまりがいいんじゃない？」

「ああ、そうか。じゃあ、このターコイズのベルトつけてみてください」

ジュレネ先生は、ファッションセンスも抜群だった。

魔術だけじゃなくて、ファッションでも学ぶことが多い。こっちのファッションは、前世のファッションとはまた違うからな。上手く融合させて良いものが作れたらいいな、と俺も思っている。

「先生、あと、これつけてみて」

金具プレートのヘアゴムを作ってみた。鎧職人がモリスの鎧メンテに来ていたから、プレート作ってもらうように頼んだんだ。

「あら、すてき。これなら鎧つけている時でも違和感ないわね」

これもジュレネ先生はとっても気に入ってくれた。

こいつは後に、髪の長い騎士たちの間でも話題になり、鎧職人のおじさんも鎧以外の良い副業ができそうだと喜ぶことになる代物だ。

そう、この世界でロン毛の男は珍しくない。女性と同じくらいの割合で長い髪の毛の男性もいる。ウチの使用人にも何人かいるし、ホルティ布店の店主であるランスさんも肩まで伸びた髪をいつも一つに括っている。

ロングヘアは女性がするものって概念があんまりない。となると、男性向けのヘアアクセがあってもいいわけだ。ちょっとヘビメタ風にスカルのバレッタとか。こっちの世界でスカルとかウケんのかな？　でもヘビメタバンドがあるわけでもねぇしなぁ。不謹慎とか思われるかもなぁ……。

剣とかドラゴンをモチーフにした男性用小物を考えてみるか。幸いバレッタの金具がヤマトから輸入されているんだよな。でもそれはなんか袋とかを挟むのに便利だって、違う用途で使われていたけど、ドラゴンの木彫りで作られたヘアバレッタを、装飾用具として使い方を丁寧に解説したりして、次々浮かぶアイデアをどんどん形にしていく。

それからカチューシャやコーム、あと気軽につかえるヘアクリップやヘアゴムも作った。男性向けのヘアピンには稲妻形や、剣や槍をモチーフにしたデザインにする。

女性向けにも、定番のリボン形のバレッタやビーズのバレッタ、そして花のバレッタ。ちょっと違うのは、花は造花じゃなくて生花を使って作ってみた。時間凍結の魔術がかけられているので半永久的に枯れないいんだ。

そうして俺が作ったヘア用アイテムを、ホルティ布店のランスさんに見せたら「これは売れるかもしれない」と店頭に置いてもらえることになった。

その結果、まずはミルド街の女の子たちの間で話題になり、ヘアアクセはあっという間に完売。男性のバレッタやヘアゴムも売れ行きは好調だ。主に騎士の人が買っていくらしい。ただ、スカルはどうも不評とのこと。

他にもアクセサリーを作りたくて、イヤリングやピアスも作ってみることにした。うん、我ながら女子力が高い。

老舗(しにせ)のロスモア宝飾店は、王都に本店があり、ミルドにも支店がある。時々訪問販売のおっさんが、本店から色んな宝飾品持ってきて見せてくれるけど、なんか成金のおばさんがつけていそうな、古くさーいデザインのもんばっかり。

若い子がカジュアルにつけられるようなアクセサリーなんか一つもない。そうなるともう自分で作るしかないわけで。もっと大量生産できるようになったらいいんだけど。

以前、鎧職人に作ってもらったような金具のプレートは、一度型を作れば大量生産可能らしい。ビーズや造花を使ったアクセサリーは、多くのお針子さんを雇う必要があるよなぁ。人材の当てがない自分としては、どうしたらいいか分からない。人材派遣してくれそうな人が誰かいないか、母上にも相談してみようか。

メルギドア領にはパル湖という大きな湖があって、そこでは真珠の養殖が盛んだ。その中でもブルーパールはメルギドアでしか採れない極上品。前世でもこんなに青い真珠は見たことがないってくらい青くて大粒の真珠だ。

ただ、我が家にはそれがごろごろ転がってんだけどな。

高額なネックレスから、イヤリング、指輪もあるかと思えば、紐が切れてばらばらになったパール玉が雑に宝石箱の中に入れられていたりもする。そのパール玉を使ってアクセサリーを作ろうと思っている。もちろん母上には了解済み。

せっかくだから、母上にも一つ作って、可愛らしくラッピングしてみた。

「まぁ、これを私に？」

ピンクの箱を手渡すと、暫くまじまじとピンクの箱を見つめてから、

「最近あなたが作っているオモチャが、私に似合うかどうかは分からないけれど」

と開けもせずにしまい込んでしまった。

……まぁ、この人から言えば俺が作ったアクセはオモチャかもなぁ。

うーん、気に入ってくれる可能性は低いか。若い女の子とじゃ感覚も違うだろうし。でも一応受け取ってくれたから善しとしますか。

「それよりもあなた、正直見違えたわ」

ほうっと感嘆の吐息を漏らす母上。

まぁ、俺もそれは自覚していますよ。しぶとかったタプタプな頬もすっきりとしたしな。服だってさらに縫い直しましたよ。お茶会に着ていく服だってちゃんと用意している。

母上は俺の顔をしげしげ見たかと思うと、なぜか可笑しそうに肩を震わせた。

「ふふふふふ……しかも、あの男にこうも似ているとは。これは今回のお茶会は荒れるかもしれないわね」

第三章 ★ 波瀾のお茶会

お茶会当日、黒のテールコートに黒のネクタイを自分で全部作りましたよ。以前の、金のボタンと金糸のボタンホールがど派手な貴族の服を着るのが嫌だったからね。

しかしあんまり地味なのもダメだとジュレネ先生に言われ、襟に銀糸のラインを入れたけどな。

「まぁ、変わった格好ね」

うーん、やっぱり前世で着ていた服装はあんまり受け入れられないのかな。

でも今まで着ていたあの赤いド派手なコートは、もうガバガバだしな。

しかし次の瞬間、彼女は意外なことを言った。

「変わっているけど、素敵なデザインね」

前世でスタンダードだった礼服をアレンジしただけだけど、どうやらこの世界でもこの格好は有りみたいだ。

母上は、深緑のシックなドレスに、なんと以前俺がプレゼントしたイヤリングを耳につけている。

シルバーミンクのファーにブルーパールを添えたイヤリングを、どうやら気に入ってくれたらしい。もうそれだけで十分嬉しい。

「さぁ、行くわよ」

洋扇で口元を押さえ、くすくす笑う母上。

息子から見ても綺麗な人だと思う。蜂蜜色の髪にエメラルドの瞳。元々母上は、メルギドアの領主として采配を振るっていた。しかし国王陛下がそんな母上を見初め、妻になって欲しいと強く望んだ。

領主の仕事を投げ出して嫁ぐわけにはいかない、と断った母上に対し、父上は領主の仕事を続けても構わないから妻になって欲しいと拝み倒した。結局、根負けした母上は、それまでの領主の仕事を続けてもいいなら、という条件で結婚を受け入れた。

俺の父たる現王には、今全部で十人の側妃がいるらしいが、王がそこまでの条件を飲んでまで結婚を望んだのは、俺の母上だけだと言われている。

他の奥さん達は……政略結婚的な？　あと向こうから迫られて来た的な？　来るもの拒まない的な？　まぁ、それぞれの奥さんをそれぞれの形で愛しているとは思いますよ……多分。

俺だったら一人で手一杯だけどな………今、一人もいないけど。王子なのに彼女すらできず、女と遊ぶ甲斐性もないけど。

いやいや、俺のことはいいんだよ。

とにかく母上は、側妃の中でもかなり寵愛されていた。その証として、王の子供を二人産んだのは母上だけなんだよな。

しかも両方とも王子。

だから他の側妃たちにとって母は嫉妬と羨望の的。

そりゃせめてお茶会でダメな王子でも肴にしてないと、やってられない心境なのだろう。

でも今回はご期待に沿えるかどうかは分かりませんがね。一応こっちも見てくれだけは笑われないよう、努力をしたから。

もう開き直って、可愛い令嬢に声かけまくろうかな。前世でも女の子とはすぐ友達になれた……ただ、それ以上は発展しないことが多かった。何故かというと、男として見ることが出来ないんだって。女子力が高すぎるんだと。

俺からしたら、何じゃそりゃって感じ。

どうも服が縫えたり、アクセサリーの小物が作れちゃったりしたのが、いけなかったみたいなんだけど、しようがねーじゃん。ファッション関係の仕事で食っている以上、そういうスキルだって必要なんだからさ。

そうだよ、前世では結婚もできずに、一生を終えてしまったのだから。今度こそ、エンジョイしたっていいだろ。恋愛をっっ。

今日の目的地である、第四側妃の住まいの離宮があるニース街は、うちの最寄りの駅クレフ駅から汽車で約一時間。

はい、実は汽車があるんですよ。動力の半分は石炭だけど半分は魔力。近々魔力のみで動かせる列車も走るらしいけど、今はまだテスト中なんだと。国を縦断、横断できるよう、鉄道を敷くことを考えたのは兄上だ。それまでの移動手段が馬車や、ワイバーン、ミニドラゴンなどの飛空生物ぐらいしかなかったこの世界において、それはとても画期的なことだった。

クレフ駅はメルギドア宮殿からほど近い場所にある、こぢんまりとした無人駅。乗客は俺達しかいない。この駅を使うのはメルギドア家の人間とその使用人だけで、我が家の為につくられた駅なのだ。そんなクレフ駅までは馬車で行き、そこから先は汽車でいくルートだ。

汽車に乗ると、俺達は貴賓車両に通される。前世だったら一生乗れそうもない、幅広でフカフカなVIP席だ。ちゃんと腰当てのクッションまで置いてある。

そもそもこの汽車自体も貸し切りで、セキュリティの関係上、汽車の上空ではワイバーンに乗った警備隊もついてきている。

ニース駅と書かれた駅を降りたら、目的地まではもうすぐ。歩いてもいいぐらいの距離だが、やっぱり馬車で行くのが決まり。

駅を出ると、既に警備付きの馬車がスタンバっていた。

それを遠巻きに見ている人達もちらほらいる。

『見て、あの方、相当身分の高い貴婦人じゃない？』

『警備の厳重さからして、恐らく国王の側妃だろう』

『何て美しい』

『それにあの若者……』

『恐らく息子だろうな。同じ目の色をしているし』

『ということは王子様ってこと!?』

『なんと凛々(りり)しい若者だ』

何を言っているのか分からないが、俺達の噂(うわさ)をしていることは確かのようだ。

馬車に乗ってから、母上は窓の外を見ながらクスクスと笑う。

「ふふふ、若い娘が熱い眼差(まなざ)しで貴方(あなた)のこと見ているわよ？」

「母上、からかわないでください。大方貴族が珍しいだけでしょう？」

「あら、からかっているわけじゃないわよ。あなただって多少は自覚しているのでしょ？ 自分の容姿が変わったことぐらい」

「ええ……まぁ」

そりゃね、タプタプだった頬が削(そ)げ落ちてきたあたりから、自分の顔の良さは自覚できましたよ。

絶世の美女と名高い母上と、顔だけが取り柄といわれた父上の子ですからね。そして、これなら薔薇(ばら)色の青春を謳歌(おうか)出来るっ、とも思っています。

ただ、身体(からだ)がまだ貧相なんだよなぁ。自分的にはもっと鍛えたいというか。

父上と同じ様に、顔だけは良いと言われるような男にはなりたくない。だからこれからもトレーニングは続けなければと思っている。

「こうしていると、思い出すわね。あの男が熱心に私に会いに来ていた時のことを」

「あの男って……父上のことですよね？」

「ええ、そうよ。もう王として崇めたくもないし、夫としてその名を呼びたくもないの」

「……」

子供の前でそれを言うかなって思う。でも無理もないよな。あんなに熱心に口説いてきたにも拘わらず、結婚して数年後には第三側妃、第四側妃迎えているのだからな。大人の事情があったとしても、許せないよなぁ。

俺は絶対愛人なんか作らないぞ。まぁ、その前に一人も恋人いないけどな。街へ出かけてデートとかしたいけど、それは難しいだろうなぁ。

デートか。

そういや、それっぽいこととしたこともあったっけ？　相手は男だったけど、楽しかったよなあ。

フレイムの奴元気にしているかな。

『おい聞いたか、今回のお茶会、あの第七王子が来るらしい』

『本当か、何かの間違いじゃないのか？　ずいぶん前から引きこもりだったはずだが』

『今回はレティーナ様に発破かけられて、ようやく行く気になったらしいぞ』

『あははは、こいつはいいや。あのびくびくした豚顔がまた拝めるなんてな』

大笑いしながら貴族達は門をくぐる。

ニーナターシャ第四側妃離宮であるシュブリング宮殿の庭は色鮮やかな花々で彩られていた。庭に置かれたテーブルには色々な種類のお茶菓子、また様々な種類の紅茶もある。

門番の任に付きながらもフレイムは苦々しい気持ちで、デュランを肴に噂を楽しむ貴族達の会話を聞いていた。

その時一人の人物が、彼の前に立ちはだかる。

「お前、〝百人斬りのフレイム〟だよな？」

「はい、フレイム＝ヴァレンシュタインと申します」

フレイムは頭を下げる。

顔は知らなかったが、その態度で有名な第六王子であることは推察できた。

「俺は第六王子のブレオ＝アストレア。俺が王になった暁には、お前を将軍に迎えようと思っている。どうだ、今から俺に仕えないか？」

——嫌です。

と即答したいところだが、とりあえず黙っておく。一体、何を根拠に自分が王になると思っているのか。第六王子という立場からして王座から遠いのに。

その上かなり優秀な第一王子、第二王子もいるのに、なぜ自分が選ばれると思っている？

この人、どうしようもない馬鹿なのでは？

心の中で思うものの、口に出したら不敬になるので、大人の対応をする。

「ありがとうございます。よく考えてお返事させていただきます」

フレイムの内心など露知らず、満足そうに頷く第六王子。

「ああ、よく考えておくんだな。第一王子のゲオルグ兄さんは戦場で死ぬ可能性があるし、第二王子のエルウィン兄さんも政敵に毒殺されるかもしれないし。第三王子のザド兄さんも無謀だから、自爆するかもしれないし」

「ふうん、誰が自爆するって？」

「だから、ザド兄さんが……」

言い掛けてブレオの言葉が途切れる。恐る恐る振り返ると、噂の当人が腕組みをして立っていた。

褐色の肌に鋭い金色の目、黒髪は短く切っているが癖毛が目立つ。

「えええええっ!?　ザド兄さんが何でここに？」

顔を真っ青にして飛び退くブレオに、第三王子であるザドはニヤッと凶悪な笑みを浮かべ、ブレオの頬を鷲摑みにした。

「ふん、お前の母上に強く呼ばれたんだよ。ゲオルグやエルウィンも来ているぞ」

ザドは親指で自分の背後を指さした。頬を摑まれたままで、ブレオは目を見張る。

第一王子　第一陸軍司令官　ゲオルグ＝アストレア

第二王子　宮廷魔術師長およびマリウス鍛練所所長　エルウィン＝アストレア

第三王子　第四陸軍司令官　ザド＝アストレア

ゲオルグは赤毛の髪に、切れ長のブラウンの瞳、細面で、バランスよく鍛えられた体躯が想像できる、まるで絵のモデルになりそうな精悍な青年だ。

エルウィンは反対に、中性的な面差しだ。女性と見紛う柔和な顔立ち、形の良い唇、髪は背中まで伸びたさらさらの蜂蜜色の髪を後ろに一つに結んでいる。銀縁眼鏡の下、瞳はエメラルドを思わせる緑だ。こちらは知的な美青年である。

「全く心外だな。勝手に戦死すると決めつけられるとは」

やや苦笑いのゲオルグに対し、エルウィンはクスクス可笑しそうに笑っている。

「僕なんか政敵に殺されるらしいですよ」

まるで面白い冗談でも聞いたかのような二人の反応に、ブレオは顔を摑まれながら、かぁぁっと顔を赤くする。

「笑ってられるのも今の内だ。特にエルウィン、お前の弟はメルギドア家にとっていい恥さらしになるはずだからな……って、こいつが心の中で言ってるぞ？」

可笑しそうに笑いながら言うザドに、

「勝手に人の心を決めつけるな」

ゲオルグはやや呆れ顔で弟に注意する。

「まぁ、図星って顔しているけどね」

〝何で俺の心が分かったんだ？〟と言わんばかりに驚いた顔のブレオに、エルウィンはやれやれと溜め息をつく。

「まぁなぁ、この前なんかお前の弟、俺がちょっと弄ったら涙目になってたじゃないか。あいつ、本当にお前の弟なの？」

と嘯くザドに、

「可愛い僕の弟だよ？」

と真顔で応えるエルウィン。

「おいおい、あの豚のどこが可愛いんだよ!!」

その答えにゲラゲラ笑い出すザドを、ゲオルグは「コラ、笑うんじゃない！」と叱責する。

「凄く可愛いじゃないか。コロコロしてて」

エルウィンは不思議そうに首を傾げている。しかも何の躊躇もなく、凄く可愛いと言いきっているその様子に、ゲオルグとザドは顔を引きつらせた。

「なぁ、エルウィン。お前、その眼鏡の度数合っているか？」

「この前、ちゃんと調整してもらったよ？」

ザドの問いに、にこやかに応えるエルウィン。さらに彼は両手を組んでうっとりした表情を

浮かべる。

「あー、早く来ないかな。暫く会っていないから、僕はデュラン不足なんだよね」

「……」

「……」

心底弟を心待ちにしているエルウィンの姿に、もはや何も言えなくなる二人であった。

敵地（!?）に到着し馬車から降りた俺は、目を瞠った。

おおお、ピンクハウス……じゃなくて、ピンクパレスだ!!　壁や柱がピンク色。屋根は白くて汚れ一つない。窓から見えるカーテンもやっぱりピンク。フリフリレースカーテンだ。

ものすごく乙女チックな建物。インスタ映えしそうだな。

名目が「花を愛でる会」だけに、花壇には色んな色……というか色んなピンクの花が咲いている。まるで染めたような、ショッキングピンクの薔薇。かと思えば淡いピンクの薔薇。ほのかに銀色がかったピンクの薔薇もあるな。

あー、なんかピンクで腹一杯になりそう。

何の花か分からんが、やたらにキラキラ光るピンク色の小さな花もある。見た感じは前世の芝桜に似ているけどね。花を愛でるというより、ピンクを愛でる会だな。

ピンク色の門の前には、あのフレイムが門番として立っていた。

立場上、親しげに声をかけるのは仕事の妨げにもなるから厳禁。だから、さりげなく笑顔を送った。すると向こうも嬉しそうに、少しだけ笑った。

何故か胸がきゅんっとした。

相変わらずカッコ良すぎだろっっ!!

なんか恋する乙女みたいに、浮かれそうになっている自分がいる。相手男なのにっっ。

既にお茶会は始まっていた。が、一歩庭に出ると招待客の目が一斉に俺達に向けられる。

……何だか、ざわついてない？　もしかして、俺を見てる？

多少容姿も変わったし、驚くのも無理はないと思うけど……いやいや、でもそこまで大げさにざわつくほどじゃないと思うけどな。

あ、兄上達がいる。

しかも優秀と名高い第一王子、第二王子、第三王子、それからおまけの第六王子と。

特にゲオルグ兄さんは挨拶に煩いから、真っ先に挨拶しとかなきゃな。

「お久しぶりです。兄上方」

「……」

「……」

……誰だ、お前？　って顔しとるな。特にゲオルグ兄さんとザド兄さんが。しかし同じ母親を持つエルウィン兄さんだけは、ぎゅううううっと嬉しそうにハグしてきた。

「久しぶりだねっっ、デュラン!!」

ひ、人前で熱いハグはやめてくれっっ。子供じゃないんだし、超ハズいっ!!

しかしその横で絶叫が響き渡る。

ええええええええええっっっ!?

……って、ゲオルグ兄さんとザド兄さんの驚きの声がハンパないんすけど？　そこまで驚かなくてもいいんじゃないの？　大げさだなぁ。

確かにかなり痩せた自覚はあるけど、顔自体はそこまで変わってないだろ。

エルウィン兄さんだけは、心配そうに俺の顔を覗き込んできた。

「少し痩せすぎなんじゃないのか？　デュラン」

「痩せたは痩せたけど、病気じゃないよ。一応、健康的に減量したから」

「よかった、病気じゃないんだね。しかも前より一層綺麗になっているじゃないか。これじゃあ、君の魅力が皆にバレてしまう……兄としては何だか複雑だ」

何で複雑になるんだよ!?

俺の魅力が皆にバレるって、ブラコン発言にも程があるだろ!?

娘が大人になったのを見て、寂しそうにする父親みたいな顔すんな!!

うわぁぁ、また抱きつくんじゃないっっ！

俺らがそんなやりとりをしていた時、第六王子のブレオが俺を指さしてバカみたいに喚いている。

「おい、お前っ！　やっぱりデュランの偽者だろう!?　卑怯(ひきょう)だぞ、そんな代役を立てるなんてっっ」

「……代役立てる人件費使うぐらいなら、仮病使って寝てるよ」

さりげなく兄から抱擁を解(と)いて、ブレオに反論しておいた。

ブレオはさらにぶんぶんと首を横に振る。

「お前、絶対違うっっ!!　今までのデュランは、こういうトコに来たら震えて涙目になっていたし、すぐに逃げ出していたはずだ!!」

俺はお行儀が良くないことを承知で、ブレオに向かって軽くあかんべをした。

「ご期待に沿えなくて申し訳ゴザイマセーン。でも、これが今の俺なんで」

ブレオはしばらくの間、デュランはこうあるべきだとか、こうじゃなきゃダメだと力説していたが、いちいち相手にしていたら疲れるので、とりあえずスルーして、ゲオルグ兄さんとザド兄さんに近づく。

ゲオルグ兄さんはしげしげと俺を見てから、ぽんぽんっと頭を叩(たた)いた。

「随分、頑張ったのだな。あの体型からそこまで痩せるのは相当な鍛錬が必要だっただろう?」

「あ……いや、そんな」

ちょっと、泣きたくなる。

確かにこの体型に戻るまでは、俺自身、かなりの努力をした自負はある。だけど、俺と同い年の騎士や兵士達の鍛錬に比べたら大したことじゃない。俺はそれだけ遅れていたし、それだけ怠けていたわけだし。

それでも誉められると、何だか泣けてくる。俺なりに努力していることを認めてくれたのだ。

「周りの協力があったので出来たことです。特に護衛役のモリスは、俺に相応しい鍛錬法を作ってくれたりもして。本当にいい先生です」

「モリスって、あのヴァレンシュタイン家の？」

ニィッと笑って尋ねてくるザド兄さんに、俺はこくんと頷いた。

「ふうん、あいつがお前を此処まで叩き上げたわけか」

と自分の顎をさすって感心している。あの人がいなかったら、今の俺があるかどうか分からない。前世だったら、いいトレーナーになっていたんじゃないかな。

「そのモリスは今日ここに来ているのか？」

さらに尋ねてくるザド兄さん。

「ええ、警護のため別ルートで一緒に来てもらっています。ワイバーンを待機させたら、こっちに来ると思います」

「ふうん、そっか。それにしても、あの豚がまさかこんなにそそる顔になるとは驚きだ」

そう言ってザド兄さんは、俺の顔を持ち上げて、しげしげと顔を覗き込む。

な、なんか近くね!?

今にもキスしてしまいそうなくらいの至近距離。ぞわぞわ〜〜っと何だか寒気がっっ。

まるでザド兄さんが狼（おおかみ）で、俺は睨（にら）まれた羊。そんな感覚がした。

こ、怖い。俺、取って食われるんじゃないだろうか。

何も言えず固まっている俺の肩を抱き、自分の方に引き寄せたのはエルウィン兄さんだ。

た、助かったっ！

「ザド、まさか自分の実の弟にまで懸想（けそう）しようとしているんじゃないだろうな」

え、エルウィン兄さん怒ってる!?

あの穏やかな、滅多なことじゃ怒らないあのエルウィン兄さんが、いつになく鋭い視線をザド兄さんに向ける。

「懸想したら悪いか？　相手が実の弟だろうと関係ない……お前の弟はまだまだ男も女も知らない蕾（つぼみ）だが、そいつはそのうち極上の花を咲かせることになるぞ？」

「そんなことはとっくの昔から知っている。というか、今までだって僕の弟は花のように可愛いかったからな」

臆面（おくめん）もなく言うなよ。そんでもって公衆の面前で抱きつかないで欲しい。周りの人達思い切り引いてんじゃんっ！

俺が激太りだった時から、「可愛い弟」って言って憚（はばか）らなかったからな。美的感覚がイカれているとしか思えない。ちゃんと、美人な奥さんいるんだけどね。もちろん俺は兄弟愛だと思って甘んじて受け入れているけど、時々うざいと思う時がある。

「やれやれ。お前がいる間は当分手を出すのは無理そうだな。でもまぁ、デュラン。男とやるのに興味持ち始めたらいつでも相談にのってやるぞ？　俺が手取り足取り指導してやるから」

「…………………っっっ!?」

俺は完全に凍り付いて何も言えなくなった。

手取り足取り指導って、一体何を言っているんだ!?　何か上から下まで舐めるように見られているよな……俺のこと性的な目で見ているってことか!?

俺は同じ人を父に持つ弟だぞ!?　いや、でもさっき、弟であろうと関係ないって言ってたよな。

つうことは、あの人にとって俺は完全にストライクゾーンってわけか。ずえったい、あの人には相談とかしないようにしよっと。

ザド兄さんは他の貴族に呼ばれて、その場から立ち去る。その後ろ姿を俺は呆然と見つめていた。

「災難だな。社交デビュー早々、あの男に目をつけられるとは」

ものすごく同情に満ちた声を漏らし、俺の肩を叩くゲオルグ兄さんに、思わずびくっと身体が震える。

この人は違うよな？

俺の態度で心の中を読んだのか、ゲオルグ兄さんは苦笑した。

「おいおい、勘弁してくれよ。あんなのと一緒にするな。弟をどうこうしようという趣味はない」

「で、ですよね」

俺は思わず盛大な安堵（あんど）の息をついてしまった。ゲオルグ兄さんもそんな俺を気遣ってか、違う話題を振ってきた。

「ところで、今着ているお前の服、変わったデザインだが悪くないな」

「自分で作ったものです」

「自分で!? 意外な特技があったのだな。ならば、俺の分も作ってくれないか。どうも今、着ているのは野暮（やぼ）ったくてな」

確かに今、ゲオルグ兄さんが着ている服は防御性の高そうな皮製だけど、ちょっとずんどうな感じになっている。

「いいですよ。ゲオルグ兄さんに似合いそうな服は作り甲斐がありそうですし」

俺の中ですぐに構想が浮かぶ。

この人は絶対軍服が似合うよなぁ。

カーキのロングコート。ああ、マントもつけたいな。絶対似合う。

俺は目視でゲオルグ兄さんを採寸する。以前にも言ったが、俺は相手を見るだけで正確な採寸ができるスキルを持っている。一応、エルヴィン兄さんやザド兄さんの体型も把握しておこう。

ブレオは……何かやけ食いしてるよ。あいつのサイズは測らなくていいか。俺が作った服、着てくれるとは思えないしな。

「ゲオルグ殿下、お久しぶりです！」

そこにどこぞの貴族であろう若者達が、ゲオルグ兄さんに声をかけてきた。同い年ぐらいの人達だから、学校の同級生かな？　いいな、俺は引きこもりだったから学校に行っていなかったし、同級生になる人もいないんだよなぁ。

折を見て学校へ行こうかな。貴族の同級生、友達を作っておくことは大事だろうし。

「じゃあ、期待しているからな、兄弟」

そう言ってゲオルグ兄さんは俺の肩をぽんぽんと叩いた。

何か、初めて兄弟扱いされたような気がする。考えてみたら、この人とも血がつながっているんだよなぁ。全然似てないけど。

「知らなかったな、君が裁縫得意だったなんて」

少し不思議そうな顔をするエルウィン兄さん。

そうだよな。子供の頃から何一つ出来ないどうしようもない弟だったからね。何かにつけてエルウィン兄さんには助けられていたな。

「いやぁ……つい最近、裁縫に目覚めたんだよ」

「ふうん？」

前世の記憶を思い出した、と言ったところで、すぐに理解してもらえるとは思えなかったので、俺はそう言って誤魔化すことにした。

エルウィン兄さんは納得していない感じだ。つい最近やり始めたからといって、急に服が作れるようになるわけがないもんな。でも他に言いようがないし、どう説明したらよいのやら。

「エルウィン、コーネリアス夫妻があなたとお話ししたいそうよ」

その時、母上が兄上に声を掛けて来た。

よかった、ナイスタイミング。

コーネリアス男爵夫妻といえば、奥さんのソフィア夫人がよくウチに来るんだよな。

俺が引きこもりだった時も優しくしてくれて「家の中ばかりいても退屈でしょ？　私の本、あげるわ」と言って、本をくれたりしていた。

「ああ、お久しぶりです。確か、駅にあなた方が経営するお店を出す話でしたね」

不意にエルウィン兄上の表情が引き締まる。仕事の顔になったな。男爵夫妻に向けられた表情は聡明（そうめい）な青年そのもので、俺に向けていた甘々な顔はどこにもない。

「そうなのです。利用者から、電車に乗る前に軽いお食事が出来る場所が欲しいと要望がありまして」

ふくよかなコーネリアス男爵はふぉっふぉっと笑いながら頷く。

兄上が男爵夫妻と仕事の話をし始めたので、俺はさりげなくその場から離れた。

ああ、ようやく少し落ち着いたかな。

とりあえずお茶でも飲むか……って、またお菓子が見事なまでにピンクだな。サンドイッチのパンまでピンクじゃねぇか。とりあえず卵サンド食うか。

……味はいいな。

「デュラン＝アストレア殿下」

三個目のサンドイッチを食べかけた時、一人のジェントルメンが俺に声を掛けて来た。俺は慌てて卵サンドを飲み込んで、冷めたお茶で一気に流し込む。

「は、はい。デュラン＝アストレアです」

紅茶と卵サンドを飲み込み、俺は呼びかけに何とか応えた。

誰だ？

穏やかな笑顔が、見るからに品が良さそう。でも薄紫色の目はやや鋭い。左の目は片眼鏡をしている。目と同色の髪はオールバックにセットされていて、黒の立て襟のロングコートは、ウエストを絞ったタイプで、この世界にしてはなかなかスタイリッシュな格好だ。

「お初にお目にかかります。私はエリーヒ＝ギュンターと申します。以後お見知りおきを」

「…………っっ!?」

いくら引きこもりの俺でもその名前ぐらいは知っている、この国の宰相。

前世で喩えると総理大臣的な立ち位置かな。王を補佐するべく、政を担う人物だ。

彼からすれば王子なんか屁でもない。それどころか、彼の進言一つで王太子候補から外されることもある。現に素行が悪いことで有名だった第五王子は、ギュンターの進言により王太子候補から真っ先に外されたらしい。

更に、彼は使えると思った人材にしか声をかけないらしい。使えない人間は歯牙にも掛けないのだ。少なくとも「今の」俺は使える駒と見なしてくれたのかな……まぁ王子という立場にいる以上、いずれにしても駒になり得るのか。

そんなことをぐるぐる考えていると、彼はほうっと息をついてから、まじまじと俺のことを見つめて言った。

「あの方によく似ておいでですね」

「あの方って、父上のこと？」

「はい、若い頃の陛下にそっくりです。本当に瓜二つですよ」

「……」

俺が父上に似ていることは、ここに来るまで母上にそれとなく言われていたけれど、まさか瓜二つと言われるほど似ているとは思わなかった。

「今回、あなたの顔を見て、愕然とした方も多いと思われます」

「愕然……って、俺が父上に似ていることってそんなにショックなこと？」

親子なんだし、似るの当たり前じゃね？

「ええ、おそらく、次にあなたが国王陛下にお会いになれば、陛下はあなたのことを、格別に可愛がる可能性が高いです」

「――何じゃそりゃ」

思わず王子らしからぬ口調になってしまった。いやいや、本当に何じゃそりゃって感じ。だって、今まで見向きもされなかったんだぞ？

確かに小さい頃は時々可愛がられていたような気もするけど、ブーデーになってからは見向きもされなくなった。

何、自分に似ていると分かったとたん、可愛がるわけ!?　王様じゃなきゃただのくそ親父だぜ。母上が〝あの男〟呼ばわりするわけだ。

すると俺の心を読んだかのように、ギュンターは苦笑した。

「まぁ無理もないのですよ。何しろ、自分の子供じゃない可能性のある王子が、何人かいますからね。そうなると、確実に自分の血を引いていると分かる我が子は、格別愛しくなるもののようです」

へー、ほー、そうですかい。まぁこの世界にゃＤＮＡ鑑定があるわけじゃねぇからな。だけど自分に似てないからといって、余所の男の子供かもしれない、と疑うのはあまりにも短絡的だ。母親似ってこともあるんだし、親戚の叔父さんに似る可能性だってあるわけだし。

多分、他にも理由があるんだろう。例えば、父上には身に覚えがないのに妊娠した、なんて側妃がいたのかもしれない。

だからといってなぁ、自分に似ているだけで可愛がるのもどうよ？

「まぁ、あくまで私の推測ですから。実際再会してみれば、意外と普通に接するかもしれませんしね」

「……」

確かに今の段階では、ギュンターの推測に過ぎない。それだけでイラッとするもんじゃないだろう。きちんと自分の目で父上を見てから判断すべきこと。

「ただ、気をつけてくださいね。私と同じ考えをもった貴族は多くいると思います。特に王子を持つ側妃の皆様は、今のあなたに脅威を抱いたと思います」

「脅威……？」

「陛下が、自分に似ている我が子が可愛いあまり、王太子として推挙するかもしれない、と」

「……!?」

俺はまったく王位に興味がない。

だけど、俺の意思とは無関係に祭り上げられる可能性はゼロじゃないわけだ。

「特にあなたは、陛下が最も愛する女性の子供でもあります。それだけでも、十分王位に近い位置にいることを自覚なさってください」

「……」

そう言うとギュンターは恭しく頭を下げて、その場を去って行った。

俺は確かに自覚していなかった。

父上に似ていることが、他の候補者達とその周囲にとっていかに脅威なのか。それ以上にエリーヒ＝ギュンターに、人前で声をかけられたことが王太子候補としてどんなに重要なことかも。

ギュンターが去った後、何人かの女の子達が俺の元にやってきた。

うん……みんなそれぞれ可愛いな。でも推定年齢十二歳~十四歳。俺、ロリコンじゃねぇんだよなぁ。今の年齢は十九歳だから、年齢的には釣り合うんだろうけど。

でも前世の記憶を思い出し、二十八歳だった時の感覚が抜けていない俺としては、この幼気な少女達を口説いてよいものかと葛藤が生まれてしまう。

そもそも十九歳の若者が十二歳の少女を口説くってのは、いかがなものかと思うのだが？だって大学一年生が小学六年生を口説くってことだぞ？

しかし現実問題、俺のストライクゾーンである二十二歳から三十九歳は、社交界ではもはや年増扱い。もしくは既婚者だ。

いずれ結婚するとなれば、その後の成長を楽しみに、しばらくは妹みたいに接したらいいのかな。


「マリーちゃん、その水色のドレスよく似合っているね」

「まぁ、ありがとうございますっ！」

嬉しそうに頰を薔薇色に染めるマリーちゃん。

ふふふ、気の強そうな目つきだけど、そういう顔は可愛いよ。普段はつんっとしてそうだけど、笑うと可愛いギャップはいいよね。将来が楽しみです。

「ベルティちゃんは桜色の髪が綺麗だね……あ、そのバレッタ、俺が作ったんだよ」

「まぁっっ、そうでしたのっ。知りませんでしたっ」

そうだろうな。まさか王子が髪飾りを作っているなんて、思いもしないだろう。俺は彼女に優しく微笑(ほほえ)みかけた。

「嬉しいな、この社交界につけてきてくれる娘(こ)がいるなんて。すごく似合っているよ」

「デュラン様っっ」

ピンクに染めた頬を両手で押さえるベルティちゃん。初々しくて可愛いな。

「君は男爵家のラナちゃんだったね。長いブロンドの髪がとても綺麗だね。あ、そうだ。このヘアゴム、これでポニーテールにしたら可愛いと思うよ」

汽車に乗っているときに作っていた、ブルービーズのヘアゴムを彼女の髪の毛につけてあげた。うん、こうして結い上げるとまた違う可愛さが出てくるな。

他の女の子も羨(うらや)ましそうに見ていたので、持っていたヘアゴムをつけてあげることに。ヘアメイクのスキルはそこまでないから、簡単な編み込みとか、ハーフアップくらいしか出来ないんだけど。

それでも彼女達は喜んでくれて、きゃいきゃい変身したヘアスタイルを見せあっていた。それだけ喜んで貰(もら)えたら、作った甲斐があるってものよ。

その様子に周囲の貴族達は、また驚いていた。

『あ、あのデュラン王子が女性に囲まれても全く動揺してない』

『以前だったら、顔を真っ赤にして、あーとか、うーとかしか言わなかったのに』

『な、何か、しばらく見ない内に、チャラくなった？　第七王子が手渡したのはいったい？』

今回のお茶会を機に、シュシュと同時に、バレッタやヘアゴムが社交界の間で大流行するようになるとは、このときの俺は知りもしなかった。

「デュラン様、初めまして。私はワルシュレイ家の次女、カトリーヌと申します」

「社交界の薔薇と名高いあなたに声をかけていただけるとは嬉しいですね」

前述の歯が浮くような台詞（せりふ）は俺が言っています。セネガルちゃんの特訓の成果と思っていただければ幸いです。そして社交界の薔薇云々（うんぬん）かんぬんは、スミスから得た社交界の知識。特に押さえておかなきゃならない人物のキャッチフレーズだ。

四大公であるワルシュレイ家令嬢、カトリーヌ＝ワルシュレイ。

推定年齢十六か十七歳。年齢的に俺のストライクゾーンではないが、うん、美少女だな。将来が楽しみすぎる美少女だ。

「あなたはこの国の王子、声を掛けなくては失礼にあたりますわ」

そういってコロコロ笑っているけれど、俺の後ろにいるブレオは愕然としている。

「嘘（うそ）だ……俺、カトリーヌちゃんと目すら合ったことないのに」

カトリーヌちゃんからすれば、同じ王子でも馬鹿（ブレオ）とは関わりたくないんだろうよ。

うん、分かる。俺が女でもあいつは嫌だもん。

「この年でお恥ずかしいことですが、社交界は初めてなので、いろいろご指導いただけたら有り難いです」

「まぁ、初めてなのですか？　そうは見えませんでしたわ」

「そう見えたのであれば幸いです」

「先ほど、私の従姉妹（いとこ）も大喜びでしたわ。あ、従姉妹はマリーベルというのですが、あの子も今日が初めてのお茶会でしたの。最初にお話しした殿方がデュラン様のような優しい方で良かったですわ」

へぇ、マリーちゃんと従姉妹か。そういやどことなく似ているかも。

「デュラン様、初めまして。私、四大公ラストア家の長女、レイチェルでございます」

「デュラン様、私は同じく四大公メリープレス家の三女アシュレアと申します」

「デュラン様、私も四大公、クレスティ家の次女、ナタリアと申します」

な、何か女の子がすごく寄ってきたぞ!?

確かレイチェルちゃんは社交界の白百合、アシュレアちゃんは社交界のダリア、ナタリアちゃんが社交界の胡蝶蘭。

社交界の四花と呼ばれ、貴族の最上位である大公のお嬢様達だ。その上本人達も美人で才女。彼女達を嫁にしたいと思っている貴族は国内だけではなく、国外にもいるとか。

やっぱ王子様って身分はすげぇな。ただ顔が良くなっただけじゃ女の子はこんなに寄って来ないだろうな。

しかも可愛い～。あと五年待てばストライクゾーンに入るなぁ、全員。

でも心はオジサン寄りの俺にとって、現時点では年の離れた妹感覚なんだよなぁ。モテてるのは嬉しいけどちょっと複雑。

貴族達はそんな俺を見て驚きの声を上げている。

『ま、まさか社交界の四花まで第七王子に!?』

『そりゃ王子だからな』

『同じ王子でも、他の王子には寄ってないではないか』

『仕方がないだろう？　ゲオルグ王子とエルウィン王子は妻帯者、ザド王子は女性に興味がないし、ブレオ王子は……まぁ言うに及ばずだな』

ああ、そっか。だから、消去法で俺しかいなかった、というのもあるんだな。

やっぱり、王子という身分は大きいのだと思う。あとはメルギドア領主の息子、というのもあるのかな。メルギドア家は広大な領地を持っている上に、アストレア屈指の資産家でもあるからな。

はっきり言って四大公より金持ちなのだ。

まぁ実は、家の格だけでいえばブレオの母親のニーナターシャ側妃の実家も同じぐらいの資産はあるって言われているし、貴族の親戚も多いから、無視は出来ない家のはずなのだけど、肝心の息子のブレオがアレだからな。お嬢様方も関わりたくないのだろう。

……。

……。

……なんか視線が痛い。

視線を感じる先、斜め後ろへ目をやると、ニーナターシャ側妃とその取り巻き達が憎たらしそうにこっちを見ていた。

本当は俺の醜態をさらすことで、母上と兄上に恥をかかせたかったのだろうけど、ご期待に沿えなくて申し訳ございませんね。

おデブで引きこもりの俺はもういませんので。記憶が蘇（よみがえ）った以上、二度と太りたくないし、引きこもるという選択肢は俺の中にはもうありません。

これからはメルギドアの息子の一人として、その責務をしっかり果たしていきますよ。

今回のお茶会で、門番の依頼がシュブリング家からヴァレンシュタイン家に来たので、一番年下の俺が担当することになった。

今日を始め多くのお茶会では、門番を担当するのはその日参加する下級貴族の騎士であることが多い。そのため、仕事をすると同時にお茶会にも参加できるよう、一時間ごとの交代制となっているのが常だ。

門番の仕事を終えた俺は、今度は子爵家令息フレイム＝ヴァレンシュタインとして、お茶会に参加することになっていた。

貴族達の噂によると、デュランは、それまでメルギドア家の醜態（しゅうたい）とまで呼ばれていたらしい。

俺と出会った時は確かに太っていたけど、醜態と呼ばれる程じゃないと思ったけどな。むしろぽっちゃりしていて、可愛いくらいで。

仕事中にデュランを見かけたけど、以前より痩せていて、しかも凄く綺麗になっていた。

それまでデュランの陰口を叩いていた貴族達、愕然としていたな。それまでは周囲の雰囲気に飲まれ、びくびくするデュランの姿を期待していたみたいだけど。

『嘘だろ……どうやって痩せたんだ？？　あの体型からあそこまでなるなんて』

『あり得ない、あり得ない、あり得ないっっ』

『……俺も減量しようかな』

そんなにまで太った状態から、今の姿になるのにどれだけ努力したのだろう？

最初に出会った時も、一生懸命泳いでいたよな。モリス兄さんが鍛錬に関わっているのだとしたら、普通の人間じゃかなり大変だったと思うし。彼が相当な努力家であることがよく分かる。

人の陰口を叩くことしか頭にない貴族達では、一生デュランに敵(かな)うことはないだろう。

それにしても――

俺は貴族達と歓談する片眼鏡の男の横顔を見る。まさかあのギュンター閣下がデュランに声をかけるなんて。そばにいる貴族達の話し声が聞こえる。

『ギュンター様は、初めて会った人間でも、その顔を見ただけで、その人物の資質を見抜く力があるらしい』

『ではまさか、デュラン王子が王になるやもしれぬ、と？』

『さて、それはどうか。ただ国にとって重要な人間になる、と思われたのかもしれぬな』

『そんな馬鹿なことがあってたまるかっ……ならば、我が孫はなぜ声をかけられない？』

『落ち着いてください。あなたの孫はまだ生まれたばかりでしょう？　それに王子でもないですし』

デュランが王様になる？

あんまりそういうイメージはないけどなぁ。

でも、ギュンター閣下が声をかけたということは、少なくとも閣下にとって必要な人物であると思われたことは確かなのだろうな。

俺としては、国の重要人物になるよりは、もっと身近な王子様であってほしいけどな。それはさすがに我儘になるな。

そんなことを考えながら、とりあえず何か食べようとテーブルへ歩み寄ったけれど……、ハイティースタンドには、ピンクの焼き菓子やピンクのケーキ、ピンクのサンドイッチ……見ているだけで胸焼けがしそうだ。

父からは、王子をよく見て主を見定めておくよう言われているけれど、あまり積極的にやろうとは思っていない。ゲオルグ殿下やエルウィン殿下も他の貴族達に囲まれているしな。

それよりも俺の今一番会いたい相手は……。

「フレイム！」

ドキンッ！　と胸が高鳴った。

ああ、デュランだ。

一番に会いたかった人物が向こうから来た!!

本当に、見れば見るほど綺麗になったよな。きらきら光るエメラルドの瞳、サラサラなプラチナブルーの髪の毛が彼の美しさを際立たせている。だけど明るくて親しみのある笑顔は全然変わっていない。

デュランは何故か手提(てさ)げの紙袋を持っていた。

「デュランっっ……殿下」

思わず呼び捨てしそうになるところ、慌てて殿下をつける。皆の前でそんな友達みたいに呼んでしまったら、不敬にあたると咎(とが)められてしまう。

「あははは、別にデュランでもいいけどな……まぁ、皆の前ではそうはいかねぇよな。でも二人きりの時は普段通りに話そうぜ」

少し声を抑えて、デュランは言った。やはり、王子らしからぬ喋(しゃべ)り方。だから、自分も最初彼が王子だとは思わなかったのだ。

けれども二人だけの時には普段通りに話そうと言ってくれるのは、凄く嬉しかったりする。

俺は思わず頬を紅潮させ、二度ほど頷く。

「この前は悪かったな。俺のせいでモリスに叱られただろ？」

「え……あ、ああ、そういえば叱られていたような気がする」

「俺に気ぃ遣って、記憶がないような発言をしている……訳でもなさそうだな」

そんなこと言われても、本当に叱られた記憶がない。

呆れた表情を浮かべているデュランに、俺は決まりが悪くなって人差し指で頬を掻(か)きながら言った。

「だって君が王子だとは思わなかったし。そっちの方が衝撃過ぎて、モリス兄さんの言葉なんか、頭に入って来なかったんだよ」

「まぁ、俺自身も信じられねぇもんな。自分が王子だってこと」

「いや、そこは自覚を持ってもらわないと」

「そのお詫びというか……俺が趣味で作りたかっただけってのもあるんだけど、今日会えたらお前に渡したいものがあってさ。はい、これ」

そう言って渡されたのは、デュランが持っていた紙袋。袋の中には丁寧に包装された箱が入っている。

「これは？」

「うーん、いわゆる正装着かな。もう少しラフなのにしようかと思ったんだけど、どうしてもフレイムに着て貰いたくてさ」

「これを、俺に？」

目を見張る俺に、デュランはにっこり笑って頷いた。

「気に入ってくれると嬉しいな」

「……っっ」

ドクンッッ！

胸が有り得ないくらい高鳴った。

笑顔が可愛いすぎる……っ!!

しかも自分に贈り物をくれるなんて。どうしよう？　むちゃくちゃ嬉しい。嬉しくてたまらない！

思わずデュランを抱きしめたい衝動にかられるが、理性という名の軍勢を総動員して、その気持ちを抑えつける。

とにかく紳士的に笑ってから、落ち着き払った声でお礼を言った。

「ありがとう、正装が必要な時は必ず着るよ」

ふと、どこからともなく視線を感じてそちらの方を見ると、どこぞのお嬢様であろう、数人の若い女性がこっちを見てきゃっきゃ言っている。

（ああ……デュランのことを見ているんだな）

俺もまぁ、そこそこの視線を集めていたが、デュランの視線の集めようはどこか異常だ。

太っていた時代があったというし、その落差のせいかもしれない。

けれどもその落差を抜きにしても、デュランの容貌は、はっとするぐらいに美しい。その表情を一つも見逃したくないくらい、魅力を感じる。

あちらこちらから熱い視線。

デュラン本人は自覚がないのか、その視線は俺が集めているものだと思っているようで、肘で俺の脇腹を突いてきた。

「なぁなぁ、フレイム。気になる娘とかいねぇのかよ」

「気になる娘？　別に。俺は君と会える方が楽しみだったから」

正直に言うと、デュランは驚いたように目を瞠る。

「そっか、お前はまだ女の子との恋愛よりは、男の友情の方が大事な年頃なんだな」

男の友情？　何かぴんと来ないな。男の友情とは違う気がするのだけどな、このそわそわ感は。

「俺もそんな時代あったから分かるわ」

何だかまぶしそうにこっちを見ているような気がした。デュランって、俺より一つしか違わないよな？　気のせいか兄さん達より年上の人と話している感覚がする。

デュラン＝アストレア、本当に不思議な人だ。彼のそばにいると、とても安らげる。一緒に話していて楽しいし、彼が見えないところで努力しているところ、自分がやりたいことには真剣に取り組むところも格好いいと思うし。

デュランが笑うと嬉しくなって、しかも胸がドキドキする。

この気持ちは何だろう？　友達……とは何かが違うような気がするのだが。

「腹減ったよな。何か食べようぜ」

デュランが座る向かいに自分も座ることになった。向かい合うと、デュランの顔が思いの外近い。

今まで憂鬱(ゆううつ)だったお茶会も、彼と一緒だと凄く楽しい。

何か、幸せだ。ちょっとげんなりするピンク一色のハイティーも、美味(おい)しそうに見えてきた。

俺はデュランと他愛(たわい)のない話をしながら軽食を摂(と)ることにした。

◇◇◇

『随分と仲がいいんだな。第七王子とヴァレンシュタイン家の四男は』

『年が近いからだろう？』

『年が近いというならば、さっき第六王子が声をかけていた時には、軽く受け流していたぞ』

『まぁ、あの方は性格に難ありですからねぇ』

俺達の様子を見て、周りの貴族は遠巻きにして好き勝手なことを言っていた……ブレオがすんげぇ目でこっちを睨んでいる姿も、視界の端っこに映っていたけれどそれは無視無視。

しばし二人でゆっくりお茶を飲んでいたところに、モリスが眉間に皺を寄せ、フレイムに歩み寄ってきた。

「おい、また軽々しく殿下と話をしているんじゃないだろうな、お前は」

「モリス、大丈夫だ。俺は軽々しいかもしれないけど、フレイムはちゃんと礼儀をわきまえているから」

俺がそう答えるとモリスは盛大な溜め息をつく。

「あなたは、あなたでもう少し自覚を持っていただかないと……」

モリスが言いかけた時、

「お前が、モリス＝ヴァレンシュタインか？」

声を掛けてきたのは、ザド兄さんだ。モリスは戸惑（とまど）いながらも頷く。

「え……ええ、お初にお目にかかります。ヴァレンシュタイン家三男、モリス＝ヴァレンシュタインでございます」

「へぇ、結構背ぇ高いじゃん。いくつあんの？」

「百九十センチほど」

「豚だったコイツを変えたのはお前の手腕だって聞いているぞ」

「い、いえ……私などとても」

俺は恐縮しているモリスをさりげなく横目で見る。

ザド兄さんも大概砕けた口調で、王子の自覚が一つもなさそうな態度なのに何も言わないのね。

まぁ、向こうの方が年上だし、立場の違いもあるからしようがないんだけど、ヘコヘコしすぎじゃね？

「そんなお前を見込んで頼みがあるんだが、俺が面倒見ている新人部隊をデュランと同じように叩き上げて欲しいんだよ」

「いや、ですが私にはメルギドア家に仕える誓約（せいやく）があるので、私の一存では返事は出来ないのですが」

「メルギドア家の誓約？」

ザド兄さんが俺の方を見た。

「ああ、多分母上がヴァレンシュタイン家にお金を貸している件でしょうね。返済の代わりに騎士をメルギドア家に奉公させるという誓約があって、モリスはそれでウチに来ているのです」

　俺が答えると、ザド兄さんは納得したみたいに何度か頷いた。

「じゃあ、借金を返せばモリスは自由の身ってわけだな？」

「そういうことになるけど……って、まさか、モリスをヘッドハンティングしようとしてんの!?」

「ヘッド？？？　お前は訳の分からん言葉を使うんだな」

　おっと、しまった。前世の言葉が思わず口から出てしまった。

「ようするにモリスを自分の所に引き入れようとしている？」

　こちらの問いかけに、ザド兄さんはニッと笑い、俺の頭をぐりぐりと撫でた。

「正解。痩せたら頭の回転まで速くなったみてぇだな」

　お、俺の頭の回転は通常運転だわいっ。確かに以前は内向的だったせいもあり、思ったことが口に出せなかったけどな。

　その時、近づいてきたエルウィン兄さんが俺の肩に手を掛け、助け船を出してくれた。

「モリスについては、領主である母上の了解も必要だからね」

「おう、それなら直接、お前らの母ちゃんのところに掛け合ってやるよ」

　意気込むザド兄さん。

「あら、でしたらすぐにでもお話承りますわよ？」

さらに母上が反対側の肩にその手を置いて、もう一方の手は洋扇を手に口元を隠しながら答えた。

「これはこれは、レティーナ妃殿下。我が母と同い年には思えない美しさ」

「白々しい世辞は結構。まずはヴァレンシュタイン家の借金の返済をお願いしたいわ。モリスを連れて帰られて、返済を忘れられたら困りますもの」

「まさか。レティーナ妃殿下、王子という立場である以上、約束を違えるようなことは」

「うふふふ、あなたのお母様には二度ほど借金を踏み倒されておりますのよ？　何でしたらその分の返済もお願いしようかしら」

……母上の背後に八岐大蛇のような、大蛇が見えるよ。

あっちこっちの貴族にお金貸しているからな、ウチって。ちゃんと返してくれた家は一握りだけどな。

さすがのザド兄さんも「今の話はなかったことに……」なんて言っている。

その様子だと踏み倒す気まんまんだったのね。戦の鬼と言われているザド兄さんも、ウチの母上には形無しだ。

「――だけど覚えておけよ。モリス、お前は必ず俺の元に来ることになるからな。あとフレイム。お前もデュランとくっついていても、何の得にもなりゃしねぇぞ」

そう言ってザド兄さんは高笑いしながら、その場を去っていった。

何か予言者みたいに宣言してたな。フレイムは苦々しい表情で、ザド兄さんのことを見ている。そういやモリスが言っていたけど、こいつはあっちこっちからスカウトが来ているらしいな。よっぽど優秀なんだろうな。

「ほほほ、モリスもやんちゃな子に目をつけられたわね」

愉快そうに笑う母上に、モリスは何とも言えない顔で俯（うつむ）く。

「誓約のことは気にしなくていいわよ。ヴァレンシュタイン家はもう十分に恩義に報いているもの」

「奥様」

目を見張るモリスに、母上は少し厳しい目を向けて言った。

「ただ、仕える人間はよく考えた方がいいわ。さっきの坊やはあなたが考えている以上に狡猾（こうかつ）な子よ？　その狡猾さが吉と出るか凶と出るかは分からないけれど。まずは、あなたが本当は何を望んでいるのか、その望みは誰に仕えることが一番の近道になるのか、よく考えることね」

「……はい」

母上の言葉に、モリスは深く深く頷いた。

その姿を見て思った。

ああ……こいつは俺の元を去って行くのだろうな。モリスは騎士の中でも上位クラス、相当な手練（てだれ）だ。俺の護衛だけでは、その腕を持て余してしまう。俺の護衛をしているうちは戦に出て手柄を立てることも叶わない。

頼もしい護衛、頼もしいトレーナーであるモリスを失うことは痛いけれども、俺に引き留める権利はない。モリスの所有権はあくまで母上だから、俺の我が儘でモリスを引き留めるわけにはいかない。

こうして、俺は無事に社交界再デビューを果たすことができた。

最後に、招待してくれたブレオの母上にはご挨拶しておきましたよ。

「今回は素晴らしいお茶会にお招きいただき、ありがとうございます」

「楽しんでもらえたら何よりですわ」

向こうは凄く優しく笑いかけてくれて、この人が本当に俺のことを笑い者にしようとした人なのかって疑いたくなったよ。

「これ、俺が作ったものですが、よかったら使ってください」

俺は絹の包みを掌にのせて開いた。

現れたのは、ピンクパールのネックレスだ。

メルギドア領はブルーパールの名産だけど、ごくたまに濃いピンク色のパールが出てくるんだよな。

もちろんとってもレアなのでお高いですよ。

金工職人に頼んで作ってもらったネックレスは、首に薔薇のツタがからまるようなデザインになっている。

ニーナ妃は驚いたように俺の顔を見たが、すぐにいつもの淑やかな笑みに戻し、「ありがとう」と言って受け取ってくれた。


招待してくれた主人に気の利いた土産の品を持っていくのが暗黙のマナー、と教えてくれたのはスミス先生だ。ようするにお食事代ってことなんだけどな。お金を払うとあからさまだから、手土産を持っていく形をとるんだ。朴念仁の貴族の中にはこの暗黙を知らない人もいる。

あまり高いのもダメ。かといって安いのもダメ。程よい値段のお土産考えるのに苦労したぜ。

あ、あくまで貴族にとっての程よい値段だぞ?

腹の中では何考えているのか分からねぇ人だけど、一応母上の友達だしな。

まだ子供が生まれる前、実家と王城を行き来していた頃、孤独だった母上をお茶会に誘ってくれたのがニーナ妃だったそうだ。気が合って、心の底から二人で笑い合っていた時もあったらしい。だから今悪意を向けられていると分かっていても、見捨てられない。

母上にそういう甘さがあったのが意外だけど、すこしホッとした。

側妃同士じゃなかったら、もっと仲良くできたのかもしれないけどな。

今後、少しでも母上と昔の仲に戻ることが出来ますように、願いを込めてネックレスを渡した。

……俺の見てない所で壊されているかもしれないけどな。

◇◇◇

待機していた馬車に向かうと、あらかじめ待っていたモリスが、ザド兄さんと何やら話をしているみたいだった。

「あら、また引き抜きのお話？」

くすくす笑って尋ねる母上に、ザド兄さんは肩をすくめる。

「いいえ、ただの世間話でゴザイマス」

不自然な丁寧語で答えちゃっているあたり、図星なんだろうな。この人は結構分かりやすい。

そこに、エルウィン兄さんとゲオルグ兄さんがやってきた。

「どうせだったら僕の家に泊まっていけばいいのに」

エルウィン兄さんの邸宅は、王都グラスブリッジにあり、ここからだと割と近い。

俺は首を横に振る。

「グレイシィ義姉(ねえ)さんに気を遣わせちゃうだろ」

「ウチのグレイシィさんはそんなの気にする人じゃないよ」

ちなみにエルウィン兄さんは奥さんのことを「さん」付けで呼んでいる。元々学校の先輩後輩だったらしいからね。グレイシィ義姉さんは現在も上級魔術師として同じ職場で、魔力製品の開発に取り組んでいるんだ。

本当は今日のお茶会も夫婦で参加する予定だったけど、機械のトラブルがあって来られなくなってしまったらしい。

まぁグレイシィ義姉さんのことだから歓迎はしてくれるだろうけど、翌朝の仕事に響いたらいけないしね。

「兄上、グレイシィ義姉さんによろしく言っておいてください」

「ああ、分かった。デュラン、休みがとれたらまた会いに行くよ」

ぎゅうううーっと抱きしめてくる兄上。だから人前ではやめろってでっ!!

俺が兄のきつい抱擁から解放されたのを見計らい、ゲオルグ兄さんも声を掛けて来た。

「元気でな。これからもこの国の王子の一人として精進するようにな」

……要するに、もうデブるんじゃねぇぞ。コラ。と言いたいのだろう。

大丈夫です。俺も戻りたくないので。

「ありがとうございます。マーガレット義姉さんにもよろしく言っておいてください」

「ああ、彼女も驚くだろうな。今のお前の姿を見たら」

ゲオルグ兄さんも本当は夫婦で参加する予定だったのだけど、奥さんは臨月なので欠席している。

ザド兄さんはたまたまだろうけど、兄弟がこうして見送りに来てくれるのは嬉しい。

今度はいつ会えるだろうか？
もっとゆっくり話せる機会があるといいんだけどな。

第四章 ★ これからの目標

「今までお世話になりました」

そう言って深々と頭を下げるモリス。

……いや、確かにさ、母上は自由に選択しても良い、というようなこと言ったよ？ もう、借金のことは気にしなくてもいいとも言った。

だけど、だけど、翌日に荷物纏めるって早くね⁉

せめてもう少し考えてとか、あと今までの仕事の引き継ぎとかもあるじゃん？

まぁ、俺の護衛って特に引き継ぐようなこともないか。家のルールはセネガルに聞けばいいわけだしさ。

母上は特に驚いた様子もなく、デスクの上にある書類にすらすらと何やら書き込んでいる。

俺はその傍らに呆然と突っ立っている状態。モリスが最後の挨拶をするからと母上に呼ばれここに来たわけだけど、正直ショックだった。

一刻も早くここを辞めたいというモリスの本音が分かってしまって。でも彼を責めることは出来ない。引きこもりだった頃の自分のことを思うとな。

アレじゃ、失望してもしようがないと思う。

だけど心を入れ替えて、ダイエットに励むようになった時、手を貸してくれたのはモリスだった。彼のトレーニングのおかげで今の自分はあると思っている。

これからも俺のトレーニングのトレーナーでいてくれるもんだと、心のどこかで甘えていたから、余計ショックだったんだろうな。

全ては自業自得だ。自分がもっとしっかりしてりゃ、こんなことにはならなかったのだから。

母はモリスの離職届にサインすると、諸々の書類、手紙と共にそれを渡した。彼は紙袋を片手に、もう一度頭を下げてから踵を返し、部屋を出て行った。

俺とは一度も目を合わせようとしなかったな。

モリスが去った後、セネガルがテーブルの上にお茶を置いて、冷ややかな声で言った。

「デュラン様、あなたが至らなかったせいではありませんよ。アレは元々第七王子に仕えること自体、不服と思っていたのですから」

「いや、でも、例えば兄上ぐらい俺が優れていたらモリスだって」

「いえ、仮令あなたが初代国王並みの人材だったとしても、同じだったと思います」

「そ、そうかなぁ」

いくら何でもそれは大げさだと思うけどな。賢王と名高かった初代の王様も確か俺と同じ七男だっていうし。そういう人って、七男だろうが八男だろうが、その頃から人を従わせるオーラとかあったと思うんだよなぁ。

セネガルは俺を励ましてくれているのだろう。

母上はお茶を一口飲んで、苦笑しながら言った。

「以前、彼にはあなたの護衛だけだと退屈そうだから、エルウィンの元に行って貰おうかしらと思ったことがあったのよね」

「へぇ、そうだったんだ。兄上だったら、あの人も何の不満もなかったと思うけどな」

「ところがエルウィンの方が断ってきたのよ。〝無能はいらない〟って」

…………え⁉　あ、兄上容赦ないっっ。

「い、いや、モリスは有能だと思うけど。腕っ節は強いし、それにトレーナーとしても優れていると思うし」

思わず俺は弁護してしまった。しかし母上はにべもなく言う。

「あの子は別に身体を鍛えたいわけじゃないもの。それにモリス程度の腕の持ち主はもう何人もあの子に付いているし。あの子が欲しがっている人材は腕も立って、参謀にもなり得る頭脳だから」

理想高っ……。

まぁ、モリスはどっちかというと脳筋だし……？　そう考えると、ザド兄さんの方が馬が合うかもな。同じ体育会系のゲオルグ兄さんの元でもいいかもしれないけど。

「あなたの護衛については、こちらで考えておくわ。それよりも、例の商品開発について、あなたにはソフィアと話し合ってもらうわよ」

「は、はぁ」

こちらは何だか凄い話になっていた。

ソフィア＝コーネリアス男爵夫人は元々豪商の娘で、彼女自身手広く商売をしていたらしい。母上や兄上とも交流があり、特に母上とは結婚後も良き相談役としてお互い頼りにしている存在なのだ。

ソフィア夫人は、前回のお茶会で母上がつけていたイヤリングがいたく気に入り、是非商品化したいと申し出てくれた。しかも髪飾りであるシュシュやバレッタも俺が作ったと分かると、その商品化、あと特許を取ることも勧められた。この異世界にも特許があるなんて知らなかったけどな。

「例のバレッタについてですが、あれは別に俺が発明したわけじゃ」

「この国で、いえ、この世界で今までにないくらいシンプルで画期的な髪飾りよ？　特許権は最初に作ったあなたにあるのだから、そこは堂々としていていいのよ」

「……」

前世の記憶を元に作ったものだから、俺が特許を取得するのは申し訳ないのだが。

さらにソフィア夫人は俺がデザインするアクセサリーのブランドを立ち上げ、大量生産に向けて人員を確保しているらしい。もし商品が売れたら、その収益の何パーセントかは俺の元に入ってくることになっている。何とも有り難い話だ。

これでまぁ、爵位を賜らなくても、あと領主になれなかったとしても、食べていけるお金は確保できそうだ。

しかしこの手のものは流行廃りがあるからなぁ。日々新たなデザインを更新しなきゃだし。バリエーションも増やしたい。そのためには、もっと色んな素材が欲しい。色んな素材を手に入れるには、国内だけの店では限界がある。もっと様々な国の素材を見てみたい。

正直、月に一度来るか来ないかの行商人を待っていては間に合わない。

それに、できれば自分の目で見て、自分の手で触って、素材を選びたい。そのためには俺自身が諸外国へ行って買い付けるのが一番だ。

しかし王子という厄介な身分がそれを許してくれない。そういった点をこれからどうしたらいいか、というのもソフィア夫人に聞いてみよう。彼女なら、もしかしたら、いいバイヤーを知っているかもしれないからな。

三日後、ソフィア＝コーネリアス男爵夫人が二人の人物を連れて我が家にやって来た。
夫人はブラウンの髪をアップにまとめ、唐紅色のルージュをさし、白孔雀の洋扇をパタパタ扇ぎながら、ブルーのチャイナドレスによく似た服を着ていた。チャイナドレスと違う所はスリットではなく、マーメイドラインのドレスのようなつくりになっている所か。
このドレスは東国ファイシンから取り寄せたものらしい。ひょっとして異世界の記憶を持った人がデザインしていたりして。そう考えるとこの国のフォーマルドレスは西洋の中世時代に近いものがあるし、その時代の前世を持った人が考えたとか？

うーん、何でもかんでも前世持ちの人間が考えたと思うのは、あまりにも短絡的か。デザインがたまたま似ているってこともあるしね。

ソフィア夫人の後ろには、ホルティ布店の店主であるランスさんと、もう一人は小さい男の子……ではなく、実は二十代半ばらしいが身長が俺の股（もも）の高さぐらいまでしかない人が立っている。妖精のコロポックルみたいな見た目で、アストレアでは小人族と呼ばれている種族の人物だ。

体型は全体的に丸っこく、男性用のチャイナ服によく似たものを着て、またチャイナ帽子に似た帽子をかぶっている。ぷくぷくした丸顔、細い線のような眼。

漫画に出てくるキャラクター、あるいはご当地のゆるキャラみたいだ。

「こちらはあなたもご存じのランス＝ホルティ。それからもう一人は」

「マオ＝チャン、アルね」

……語尾にアルがつくって、本当に漫画みたいな人だな。

「一つ聞きたいんだけど、その喋（しゃべ）り方って方言？」

「その通りアル。私の生まれ故郷、ファイシンの南にあるアルシャン省というトコ。アルシャンは方言がきついから、同じファイシンの人間でも聞き取りにくいアル。これでも標準語に合わせた喋り方よ」

「そっか。俺はその喋り方、可愛くて好きだな」

「可愛い!?　そんなこと言われたの、初めてアル」

嬉(うれ)しそうに笑う顔は、とても愛嬌(あいきょう)がある。ゆるキャラと喋っているみたいだな。

せっかく天気が良いので、テラスでお茶をしながらの商談が良いのではと、セネガルが気を利かせてセッティングしてくれていた。

澄み渡る青い空、テラスからは山がまるで波のように連なる絶景を見渡すことが出来る。白のソファ、硝子(ガラス)テーブルの上にはアフターヌーンティ。

料理長が腕を振るった茶菓子の数々に、ソフィア夫人やマオさんは瞳を輝かせる。

「ああ……商談とか忘れてまったりしてしまいそう」

マカロンを幸せそうに口にしながら夫人が呟(つぶや)く。いやいや、そこは忘れて貰ったら困るんですけどね。

まあ、ソフィア夫人に喜んでもらえて良かったけどな。母上の友達だし、俺にとっても重要なビジネスパートナーになるであろう女性だ。喜んで貰うに越したことはない。

「ケーキ美味(おい)しいアル～」

一切れのケーキを一口で食べちゃうマオさん。さらに他のケーキも一口で食べてしまい、一人でホール一個分のケーキを完食。小さな身体からは想像もつかない大食漢のようだ。

「そ、それにしても、デュラン様……あの、デュラン様ですよね？」

何故(なぜ)かつかえながら妙な質問をしてくるランスさん。ああ、そっか。最後に会った時は、まだちょっとぽっちゃりだったもんな。

「減量したから少し顔が変わったかもしれないな」

「少しどころか……」

何だかじーっと見つめてくるランスさん。そんなに見つめられると照れるんだけど。

「あ、す、すいません。不躾でしたねっっ。そ、それよりも商談に移りましょうっ」

ランスさんは慌てたみたいに顔を真っ赤にして言った。

「そうだな。えーと、今回作った作品がこれで。ヘアゴムはスカーフリボンをつけたタイプ。それからビーズを花の形にしたのと、あと果物をモチーフにしたヘアゴム。これは小さい女の子がしたら可愛いんじゃないかと」

「あら本当。うちの娘にも一つ欲しいですわ」

作品を見て瞳を輝かせるソフィア夫人。彼女には五歳になる娘さんがいるらしい。

「この野イチゴ形のヘアゴムは、どうやって作ったのですか？」

「これはビーズを糸でつなげれば簡単ですよ」

俺は作り方の図面をソフィア夫人とランスさんに渡した。

「なるほど、これをお針子たちに作らせればいいわけですね」

ふむふむと頷くランスさん。

「これ可愛いアル。沢山出来上がったら、ファイシンでも売るね」

嬉しそうに笑うのはマオさん。俺はこの人のぬいぐるみを作りたい……それくらいに、コロッとした可愛さがある。

「こっちの商品買い付ける代わり、ファイシンの商品も沢山持ってきたアル。これ見るよろし」

そう言うとマオさんは、ソファの傍らに置いていた風呂敷を広げた。

中からは絹織物や、七宝焼きによく似たファンパオ焼きと呼ばれる焼き物や翡翠（ひすい）や真珠のアクセサリー、白黒熊のぬいぐるみや小物などたくさんの民芸品や土産（みやげ）物が出てきた。

白黒熊とは前世の世界にいるパンダのことだ。どうもこっちの世界にもパンダがいるらしい。

「いいなぁ。俺もファイシンに行って沢山の品物を見てみたいよ」

「ファイシンの市場とても大きい。国中の沢山の品物集まって来るね。是非、案内したいよ」

声を弾ませるマオさん。

「本当に行きたいのは山々だけどさぁ。これでも王子だから、なかなか自由に出国させてもらえないんだよなぁ。この国の素材だけだと、いずれは限界が来ると思うんですよ。他の国からも斬新な、様々な素材を集めたいと思っているんですけど、……お知り合いで誰か貿易業者の人っています？」

俺はソフィア夫人の方を見て尋ねる。彼女は顎に指をあて、少し考えるように空を見上げながら言った。

「うーん、私の知り合いの貿易業者は、デュラン様が思うようなものを買い付けて来られるとは思えませんわね。彼らはこの国で多く使われている材質のものしか興味ありませんもの。新しいものに飛びつくという冒険心に欠けているのですわ」

「私も絹織物はこの国の女性がよく使う白やピンク、水色や紺色、そういった標準的な色しか取りそろえてないアルよ。何が斬新で何がいいかといわれると困るね」

ファイシン国から来たバイヤーであるマオさんも頷く。俺は腕組みをして眉間に皺を寄せる。

「やっぱ、俺がこの目で見て確かめるのが一番なんだろうなぁ。でも王子が外国へ行くとなるとなぁ……」

「あら、一つ良い方法がありますわよ」

「え？」

「留学ですわ」

ソフィア夫人の言葉に俺は目を丸くする。

「留学!?」

「王族や貴族が海外に留学するというのはよくあることですわ。確か、ファイシンとミジェール、それからウィンディとの留学は可能だったはず」

「マジかよ!? よっしゃっ！ じゃ、俺、留学するわ」

即決する俺に、びっくりしたのは後ろに控えていたセネガルだ。思わず持っていたお盆をばんっと床に落としていた。

「でゅ、デュラン様。そんな重大なことさらっとお決めになるのは」

「善は急げだぜ、セネガル。アパレルってのは、即決即行が大事なんだよ。流行になり得る品物をいかに早く買い付けるかで勝負が決まる」

「あ、アパって何を訳の分からぬことを……そのようなこと、国王陛下がお許しになるとは思えません！」

「あー、そっか。留学するのにクソ親父の許可がいるのか」

「デュ、デュラン様、国王陛下に向かって何と言うことを!?」

「国王陛下に向かっては言ってねぇよ。内緒で言ってるだけだ」

「内緒でもなりませんっっ!!　あと何度も申し上げますが、その言葉遣いは何ですか!?　少しは王子という自覚をお持ち下さい！」

……執事に怒られてしまいました。口の悪さについては反省。だけど留学という明確な目標が出来た俺は、俄然やる気が出てきたっ！

何としてでも行ってやるぜ!!

その後、ソフィア夫人達の尽力によって、俺がデザインしたアクセサリーは大量生産されるようになり、庶民から貴族まで爆発的な人気となった。
庶民の間で人気なのは『デュデュ』という名のアクセサリーショップ。
少しいびつなバロック真珠を利用したアクセサリーが主だが、青珊瑚も人気だ。青珊瑚は繁殖力が強く、こっちの世界ではかなり安く手に入る。

　そこでは半貴石の天然石のアクセサリーもよく売れている。ターコイズやローズクオーツ、ラピスラズリだけでなく、こっちの世界でしか見たことのない石もある。空豆石やマリリンと呼ばれる水色の石、あと名前もついてないグリンピースみたいな石とか。その他貝殻を使ったネックレスやイヤリングも人気だ。

　男性用は木彫りやブリキでつくったアクセサリー。魔物の毛皮をつかったアクセも人気で、フリップミンクやクルクルアンゴラは畑の害獣だけど毛皮は綺麗だから、罠にかかったミンクやアンゴラを買い取って加工されたものを素材にしている。

　それにしても、ファーキーホルダーが、男に人気が出るとは思わなかったぜ。あれを腰に付けたり、鞄に付けたり、あと剣の鞘に付ける奴もいるみたいだけど、戦う時邪魔にならねぇのかな？

　もっともお手頃なものとしては、スラトルというプラスチックと似た素材でつくられたアクセサリーだ。天然石よりさらにリーズナブルな値で買えるアイテムもそろえている。

　スラトルとは人工スライムを原料にしたもの。人工スライムは、地下から採取される粘液を精製したもので、それが魔物のスライムとよく似ているのでそう呼ばれている。加工するとプラスチック状になる他、合成繊維の原料として使われることもある。

　ホルティ布店で買ったポリエステルとよく似た布にも、もしかしたら、こいつが入っているんじゃないかなって思う。何しろここは異世界だ。前世では考えられないやり方でものが作られている。

　一方、貴族の間で流行っているジュエリーショップは『デュライザ』。

　貴石や真珠や珊瑚などをあしらったアクセサリーが売れに売れている。

　比較的安く手に入る青珊瑚とは別に、レアな珊瑚もあって七色珊瑚と呼ばれるものがある。

　その珊瑚でアクセサリーを作ると、本当に七色に輝いて綺麗なんだよな。それで作った花形のペンダントが若いお嬢様達の間では人気だ。

　それから男女を問わず使えるように作ったシルバーのバレッタは、狙い通り女性だけじゃなく、長い髪の男性にも人気が出た。やり手のソフィアさんによって、本店以外にも、メルギドアのあらゆる服屋や雑貨屋、万屋（よろず）、何故か薬屋にも置かれるようになった。

　そこで閃（ひらめ）いたのが、

「このバレッタを使って防御力を高めるアイテムは作れないだろうか？」

「この石を使えば、魔力増強の効果が得られる。こいつでアクセサリーが作れないか？」

というアイデア。そこから、武器屋・防具屋のコラボも実現した。

　防御に効果のあるバレッタや、魔力増強が可能なブレスレット。体力消耗がゆるやかになる指輪など、何だかＲＰＧに出てくるようなアイテムがどんどん出来上がった。

　俺も魔力消耗がゆるやかになるブレスレットをつけています。男性用は黒のレザーとチタン石を組み合わせて作っているんだよな。チタン石は前世にあるチタンと似て非なるもの、みたいだ。それをつけたまま「癒しの風（ヒル・ヴィンス）」の練習。

治癒魔術(ヒルディス)と風の魔術、風吹(ヴィンス)を組み合わせたこの魔術は中級魔術師レベルで、本来はかなり魔力を消耗するけれど、これのおかげで、通常の半分くらいの魔力の消費に抑えられている。

周囲には、キラキラと光る風が舞う。

花壇の花や庭の木が生き生きと、色つやが良くなったみたいだ。俺は本当に治癒魔術は得意みたいで、中級魔術師でもこれを使えるのは上級クラスに近い人間らしい。戦場だと風が吹く範囲内なら何人でも癒やせる。ただし重傷な奴は治癒魔術のみの集中治療が必要だけどな。まぁ俺の場合半径五メートル内が今のところ限界。

それでも結構な数の兵士が癒やせるのだから、戦場に行けば、とても重宝されるだろうって、ジュレネ先生は言っていた。あんま重宝されたくないけどな。

一方、攻撃魔術である『炎撃(アレイル)』『水撃(ルインイル)』は少し苦手。『風撃(ヴィンイル)』はわりと得意。まだまだ実力にムラがある状態だ。

「でもこの調子でいけば中級試験にも合格できそうね」

中級に合格すればアストレア高等学校の四年生でも上のクラスになれるだろうって。あ、ちなみにアストレア高等学校は五年制で、俺もまともに通っていれば、高校四年生になっているところだ。

そうそう、スミスに連れられ、最近は時々学校へ行くことにもなったんだ。彼が講義している授業を皆と一緒に聞くという形なんだけど。そこでばったり。お茶会で知り合ったカトリーヌちゃんに再会した。

「デュラン様、一緒にお茶をしましょう」

「ええ、いいですよ」

可愛い女の子と学校の中庭で優雅にティータイム。ああ、貴族の青春ってやつ？

「デュラン様は私の姉のことは覚えていますか？」

「カトリーヌちゃんのお姉さん……？」

「旧姓はマーガレット＝ワルシュレイですわ」

「ああ、マーガレット義姉（ねえ）さんか」

確か、ポニーテールのきりっとした女の人だったよな。髪の色はカトリーヌちゃんと同じプラチナブロンドだったと思う。記憶が戻る前の、本当に初めてのお茶会でちらっと見ただけだけど。あの時の俺は周囲の雰囲気にビビって、十分もしないうちに帰ってしまったんだよな。


正式な肩書きはマーガレット＝アストレア第一王子妃。ゲオルグ兄さんの奥さんだ。

アストレア王国では、国王と王子の正妻のみが、アストレア姓を名乗ることが許されている。だから側妃である母上と俺達兄弟とは、親子だけど苗字が違う。

さらに言うと、新国王が決まったら、国王の兄弟達は爵位を与えられ、別の姓を名乗ることになる。大抵は母親の姓を継ぐことが多いらしい。

「この前、女の子が産まれましたの！」

「ああ！　おめでとうございます」

ゲオルグ兄さんのところの子供、無事に産まれたんだな。そっか女の子か。帰ったらお祝いのスタイとベビー服作るかな。

帰る前にホルティ布店に寄ってオーガニック綿を手に入れねば。

「名前はアヤメっていいますのよ」

「アヤメ？」

「変わった名前でしょう？　でも遠い国にあるお花の名前なんですって」

「遠い国……」

俺はドキッとする。

アヤメって日本にある花の名前だよな。少なくともアストレアには菖蒲（あやめ）という花はない。偶然？　それとも俺と同じように日本の前世の記憶を持った人が名付けたとか？

「姉は十六歳の時、高熱が原因で人が変わってしまったのです。ああ、でも、決して悪い方に変わったわけではありませんのよ？　ただ、突然剣術の稽古をし始めたり、身体を鍛え始めたり、食事も粗食になってしまって」

……なんか、俺のこと話している？？

それくらいマーガレット義姉さんと俺の今の状況はリンクしているような気がした。

確かマーガレット義姉さんもカトリーヌちゃん同様、結婚前までは社交界の四花と謳（うた）われていたはず。結婚後はそれをカトリーヌちゃんが継いだ形になったって話を、スミスからは聞いている。――そんな人が剣術の稽古って。

「話し方も変わってしまい、高熱が出て以来一人称が〝私〟ではなく〝それがし〟になってしまって」

それがし⁉ え……まさか、武士⁉

もし前世が日本人だったとしても、絶対、俺とは違う時代の人だよな？ それ。だって時代劇でしか聞いたことないぞ、そんな一人称。でも武士だったら、突然剣術の稽古をしはじめたのも納得。

うー、気になる。マーガレット義姉さん、超気になる。つうかゲオルグ兄さんと普段どういう会話しているんだ？ 中身が武士（かもしれない）奥さんとは、うまくやっていけるんだろうか。

何か理由をつけてゲオルグ兄さんの元に行けないだろうか？ ゲオルグ兄さんが住む離宮は、汽車を使っても、ここから半日以上かかるから難しいかな？ 機会があれば会いたいなぁ。俺の姪っ子の顔も見てみたいしな。

第五章　★　真夏の出来事

前世の記憶が蘇ってから、一年近く経ち、気付いたら俺も二十歳になっていた。

そんなある日、フレイムが臨時の護衛役として我が家にやってきた。

いくら母上の許しがあったとはいえ、実家にも相談せず、早々に辞めてしまったモリスにヴァレンシュタイン側も申し訳なく思っていたようで、モリスの代わりではないが、弟であるフレイムが俺の護衛をしてくれることになったのだ。

ただ、フレイムも学生の身なので、夏休みの間だけなんだけどな。

俺に何かあった時にいつでも駆けつけられるように、護衛の期間は隣の部屋に住んで貰うことになった。俺としてはフレイムが側にいてくれると心強いし、何よりも楽しい日々が送れそうだ。

さらに護衛だけじゃなく、剣術の稽古にも付き合って貰うことになったのだけど、モリス以上に稽古はハードだった。

「デュラン、右に隙がある」

「おわ!?」

右脇を突いてきた剣を慌てて避ける。モリスの時以上に剣が早くて見えないっっ。

同じ鉄の剣を使っていても、向こうは軽々と振り回すし。加減してくれているのは分かるぞ。だけど加減してもらっていても、フレイムの剣さばきは早すぎて見えない。モリスの時はそんなことはなく、少なくとも目で追うことはできたのに。

まだまだ弱っちい俺が言うのも何だけど、同じ兄弟でもフレイムの実力は桁違(けたちが)いだ。きっとモリスは気づいていたんだろうな。確かにこれだけ差をつけられていたら、兄としては焦(あせ)るかもしれない。

剣術や魔術では歯が立たないならどんな形でもいい、出世という形で弟より一歩でも先を歩みたい、という気持ちだったのかも。

そう考えると、一刻も早くここを出たいと思ったモリスの気持ちも少し分かるような気がした。


「デュラン、昨日よりも動きが良くなっているよ」

「お世辞はいいって。同い年の騎士に比べたら俺はまだまだだし」

「君が騎士と同じぐらい強かったら、騎士の立場がないじゃないか。デュランが努力している内容と、騎士が努力している内容は違うのだから」

「……」

フレイムは決して俺のことを馬鹿にしない。俺が俺なりに努力していることを認めてくれる。

家庭教師のスミス先生が来ない時は、フレイムが勉強を教えてくれることもある。

フレイムは年こそ俺より下だが、学年は俺と同じだ。成績もかなり優秀らしく、一学年飛び級しているらしい。いわゆる文武両道ってやつだよな。しかも容姿端麗ときたもんだ。

もう、反則ですよ、完璧な男ってやつだ。

普通なら近寄りがたい存在なのだろうけど、何故(なぜ)かフレイムとは以前から友達だったかのように気が合うし、一緒に過ごす空間は心地好かった。

一番楽しみなのは買い出しに行く時だ。

もちろん護衛をしてもらう為なんだけど、二人で美味(うま)いもの食べたり、買い物をしたりする時間が楽しみで、行く前からとてもウキウキした気持ちになる。

フレイムが笑ってくれたら俺も嬉(うれ)しいよ。

その表情に時々陰(かげ)りが見えるのは、騎士としての彼の苦悩か。あるいは彼自身に何かあるのか。

平和ボケしている俺と違って、彼は様々な修羅場(しゅらば)を見てきた騎士だからな。俺と一緒にいる時ぐらいは少しでもリラックスして、楽しい時を共に過ごして欲しいと思っている。

あの厳しいセネガルですら、フレイムのことをいたく気に入ったようで、「あの方とのご縁は生涯大切にしてくださいませ」と言う程だった。

フレイムと過ごす日々は本当に楽しい。夏休みなんか終わらなきゃいいのに……前世の学生時代以来だな、こんな風に思うのは。

そんなある日のこと。

「フレイム、今日は暑いから湖で泳ごうぜ」

「ああ、水泳の特訓か。じゃあ、俺も泳ぐかな」

今年は猛暑といってもいい暑さだった。多分、その猛暑が俺達をおかしくしてしまったのかもしれない。

湖に着いて俺達は服を脱いだ。シャツを脱いだフレイムに俺はドキッとしてしまう。

す、すんげぇ肉体だ。俗に言う細マッチョってやつだけど。腹筋が割れている。はっきり、くっきりと割れているっつ。まさに理想を絵に描いたような身体(からだ)。

フレイムがかけていた眼鏡(めがね)を外すと、あ……まぶしいイケメン様だ。

お、俺も脱がなきゃな。うー、フレイムと比べると俺の身体は貧相で恥ずかしいな。

……。

……。

……なんか視線を感じる。

フレイムの方を見ると、こっちをじっと見ている。俺のこと、見ているのか？

な、何か胸がドキドキしてきた。

しかもフレイム、裸だ。全裸だ。う……フレイム、デカいの持っているな。

何だ、俺よりも一回りはデカいぞ!?　つうか何でパンツまで脱いでいるんだ!?　お前。

「あ、あの、フレイムさん。下着は?」

こっちの世界には水着がないので、俺は下着で泳いでいる。水着もいずれは作りたいんだけど、今はそこまで手が回らない。

「下着?　だって下着で泳いだら今日の下着がなくなるし」

あ……そっか。下着の予備、持ってないんだ。それで下着も脱いだのか。

う、うーん。裸で泳ぐのは抵抗あるけど、でも俺だけ下着ってのも何だか申し訳ないような気がする。銭湯だと思えばいいよな。俺も脱ぐことにしよう。

「……!?」

フレイムが驚いて俺の顔を見た。

あれ??　脱がない方が良かった?

それとも俺のを見て、あまりの小ささにびっくりしたとか……って、小さくねぇよ!!　俺はっっ。平均サイズぐらいあるわいっっ!!

「な、何も俺に合わせて脱がなくても……」

は、恥ずかしそうな顔するなっっ。俺まで恥ずかしくなるだろ!?　前世では当たり前だったんだよ!!　家族以外の人間と入る風呂場があってだな……って説明してもしようがないか。

「いや、ほら、逆に自分だけ下着つけていた方が、なんか恥ずかしいつうか……とりあえず入ろうぜ」

俺は何となく気まずくなった雰囲気から逃げるように湖に飛び込んだ。

「そ、そうだな」

ワンテンポ遅れて頷き、フレイムも湖の中に入ってきた。このままではやっぱり気まずいので、俺はその場から離れるべく、クロールで泳ぐことにした。

ううう……なんだよ。何でこんなに胸がドキドキしてんだ⁉

相手は男だぞ。それも年下だ。前世の俺からすれば一回り近く年下のガキだ。年齢からして好みの範囲じゃないし、そもそも性別が好みじゃない。

それなのに、どうして⁉

考え事をしながら夢中になって泳いでいたせいか、俺はあらぬ方向へ向かっていたことに気づいていなかった。

突然、足が何かに引っ張られるような感覚に襲われる。

やべ……水草がある方を泳いでいたか。

その水草は岩にくっつきやすいように吸盤のようなものがあって、人間の身体にもくっついてしまうことがある。

普段だったらそんな方へは行かないように気をつけていたし、水草も足に絡まるほど大きく成長してはいなかったはず。もしかして猛暑で急激に成長したとか？

く……絡まって取れねぇっっ‼　やば……足がつるっっ。このままだと溺れちまう。

「デュランッッ!!!」

その時フレイムが俺を抱き上げ、足に絡まっていた水草を摑むと、
ぶちぶちぶちぶちぶちっっ!!

ありえないぐらい凄い音が響く。通常の大人の力では到底引きちぎれない、硬くしなやかな水草をフレイムがいとも簡単に引きちぎったのだ。凄い馬鹿力だな。

フレイムはそのまま俺を背負って泳ぎ、浅瀬へ移動する。

足が地面につく所まで来て俺はフレイムの背中から降ろされた。ここまで来たらひとまず安心だ……ほっとしたのも束の間、足がふらついて気がついたらフレイムに凭れかかっていた。


「あ……フレイム」

「大丈夫か、デュラン」

「ああ、お前のおかげで助かった」

俺はほっと息をついて、フレイムの胸に額をくっつけた。

「足は怪我していない？」

俺の顔を覗き込み尋ねてくるフレイム。

「ああ、大丈夫」

「苦しくはない？」

フレイムの手が俺の頬に触れる。

「あ……ああ……大丈夫」

「デュラン、喋りにくそうだけど？　本当に大丈夫？」

「……」

声が出なくなる。

喋りにくいのはお前のせいだよっっ。だって顔が近い。

フレイムの顔が近すぎる。それに俺達、裸で抱き合っている。

意識したら駄目だ。意識、したら。

「……っっ!?」

不意にフレイムは俺の顎を持ち上げて、唇を覆い被せてきた。

キス、してる？　いや、人工呼吸？　一応空気送っている感じがするけど。でも人工呼吸は鼻閉じないと意味がないような。

う……フレイムの舌が俺の舌に触れてきた。最初は舌先が触れ合う感じ。だけど徐々にそれは濃厚に絡み合ってきて。

やばい……完全にキスしてる。ディープキスしてるっっ。

「あ……ふぅっ……ぅんっ……ふ、フレイムッッ……」

「ん……ふうっっ……っっ……っっっ」

まるで貪るみたいに何度も唇を重ね、舌を絡めてきて。

こいつ、すごくがっついてくるっっ。初めてキスを覚えて、夢中になっているみたいだ……

って、こいつ初めてなのか？　そんなに顔がいいのに、女の子とキスとかしてこなかったのか？　二十八歳の、ある程度の経験はすませてきたお兄さんから見ると、フレイムのキスは本当に初々しくも、荒々しい。

そして、嫌じゃない自分がいる。裸で抱き合って、キスしている今の状況を心地好く感じている。

こんなの駄目だ。身分的にも性別的にも絶対に駄目なはずっっ。

だけど拒絶、出来ない。

その後、俺たちは結局泳がないまま湖を出た。気まずいままお互い会話もなく。

部屋に戻って裁縫したり、本を読んだりしている俺を、フレイムは黙って見守っている。

気まずいままは嫌なので、寝る前には何事もなかったかのように笑顔で「また、明日もよろしくな」と挨拶すると、フレイムも笑って部屋に戻っていった。

次の日からはまた何事もなく、フレイムと共に剣術に励み、ジュレネ先生の授業を一緒に受けるなど、平穏な日々が続いた。

しかしあの日の出来事を思い出すたびに胸がドキドキしてしまう。フレイムといるのは楽しい。でも一緒にいると落ち着かなくなる。

この気持ちは何？

と、さすがにここまで自覚しておいて、そんな疑問が出る程俺は子供ではない。でも同性にこんな気持ちを抱くなど有り得ない。

だけど……俺はフレイムの友達じゃ、いられなくなってしまったようだ。

俺はこれまでヴァレンシュタイン家の人間として、立派な騎士になるべく邁進してきた。その気持ちは今でも変わらない……しかし俺の中でこれまで培われてきた騎士道が崩壊する出来事が起きた。

「フレイム、今日は暑いから湖で泳ごうぜ」

「ああ、水泳の特訓か。じゃあ、俺も泳ぐかな」

意識なんてしてなかった。

湖に着いてから、デュランが服を脱ぐまで、全く意識なんかしていなかった。

シャツの下から露になった彼の上半身を見た時、目が釘付けになってしまった。

何て綺麗な肌なのだろう？　まっさらな白い絹みたいだ。

思わずデュランの裸に見入っていた俺は、少しうろたえながら自分の下着を脱いだ。

俺は下着の替えがないので裸になったのだが、デュランまでこっちに合わせて下着を脱いできたのには驚いた。片方だけ下着だとなんとなく恥ずかしいからって本人は言っていたけれど。

「………っ!?」

次の瞬間、俺は見てしまった。

彼の裸をもろにっっ。同じ男の裸なのに、なんて色気があるのだろう？　お尻なんか毛もないし、おできもないし。つるっとしている。

それにデュランのデュランもこの目でしっかりと見てしまった!!

やばい……俺、何かおかしい。

デュランが湖に入ったので、俺もそれに続いた。さっそく泳ぎ始める彼の姿を見ながら、俺はちらりと我が分身を確認する。

完全に勃っていた。

泳いでいるデュランの様子がおかしいことに気づいたのはその直後。

え……溺れている!?

あの方向はセネガルさんに泳がないよう言われていた場所だ。吸盤草が足に絡まることがあるから危ないからって。デュランも分かっているはずなのに何故!?

考えている暇はない。早く助けないとっっ。

俺はすぐに泳いでデュランの元に駆けつけた。そして足に引っかかっていた吸盤草をちぎって、彼を抱き上げた。

無事でよかったという気持ちと、本当に無事なのかという不安で頭の中は混乱していた。

何とかデュランを背負って泳ぎ、浅瀬まで連れてきた。俺の背中から降りたデュランは、足がもつれたのか、身体のバランスを崩し、俺に寄りかかってきた。

「あ……フレイム」

「大丈夫か、デュラン」

「ああ、お前のおかげで助かった」

デュランは俺の胸に額をくっつけてきた。一瞬ドキッとしてしまったけど、デュランはぐったりしていて、こちらに身を任せているだけ。ドキッとしてはいけない。

「足は怪我していない？」

「ああ、大丈夫」

「苦しくはない？」

俺はデュランの頬に触れ、じっと顔を覗き込む。顔色は悪くないみたいだ。

「あ……ああ……大丈夫」

「デュラン、喋りにくそうだけど？　本当に大丈夫？」

「……」

やっぱり心配になる。思ったよりも水を飲んでしまったのか？

……デュランの顔、色っぽい。

少しくったりして、ぼうっとした顔で俺のことを見つめていて。

唇、水で濡れている。それが日に照らされ、艶めいて見える。

えっ……とこういう時はどうするんだったけ？

そうだ人工呼吸だ。気道を確保して、キスをするみたいに口と口を合わせるんだ。それから空気を入れるんだよな……あれ？　あと、どうするんだっけ？　その前に寝かさなきゃいけないよな。ああ、駄目だ……救急法って授業でちょっとしか習っていないからすぐには思い出せない。

俺はおかしい。デュランが側にいるとおかしくなる。

これって人工呼吸じゃない。

キスだよな？　俺、デュランにキスしているよな!?

いやいやいやいや、これは人命救助だ。人命救……。

知らずしらずのウチに俺の舌がデュランの舌に触れていた。

あ……気持ちがいい。舌と舌が少し触れ合っただけで。

いやいや、今は救命が先決で……あ……だめだ、舌が勝手にデュランの舌を追いかけている。まるで蕩（とろ）ける感覚。唇が触れ合う感触が気持ちいい。舌が絡まる、ねっとり感もたまらない。

デュラン……駄目だっつ。そんな熱い息づかいしないでくれ。もっと、キスしたくなる。たくさん、キスしたくなるからっつ。

密着する身体と身体。デュランの身体はまるで白い絹のように滑らかだ。乳首も薄いピンク色でかわいい。お尻もきゅっと締まっていて、触ると柔らかさもあって。

ああ……このまま、一つになってしまいたい。

……。

……。

気まずいまま着替えて、湖から帰った。

部屋に戻ったデュランは黙々と裁縫をしはじめ、俺はそんな彼を護衛すべく側にいて。

表面的には冷静さを装っている自信はあるが、俺は心の中で絶叫していた。

あああああああっ!! やってしまった。完全にやってしまったっ!! 不敬だ。不敬どころじゃない!!

一国の王子と裸で抱き合い、キスをしてしまった……しかも、どう考えても俺の方からっっ!

最初は人工呼吸のつもりだった。しかし冷静に考えたら、人工呼吸は仰向けに寝かしてやるもので、あんな状態でするものじゃない。

正直に言おう。俺は人工呼吸と自分に言い訳して、デュランにキスをしていた。

欲望に負けた。俺は欲望という名の圧倒的多数の軍勢に叩(たた)きのめされたんだ。何が騎士だ。王子を守るはずの人間が、王子に手を出してどうするんだ!?

デュランはミシンで何かを縫っているみたいだった。全てのパーツをつなげて、今度はその中に綿を詰める。綿を詰め終わったら、今度はそれを手縫いで縫い合わせる作業をはじめる。

全てを縫い終えた時、まん丸くて可愛い男の子のぬいぐるみが完成。そのコロコロした人形はファイシン帝国特有の民族衣装を着ていた。

完成品を満足そうに見つめるデュラン。

くうう……横顔も可愛い。ニヤけそうになっている自分がいる。

馬鹿野郎！　下手(へた)したら罪に問われているところだったんだぞ!?　それをデュランは優しいから、何事もなかったかのように振舞ってくれている。

ぬおおお……でも可愛い。すっっっごい抱きしめたい。

俺は気まずい空気の中、理性という名の軍勢を奮い立たせ、襲いかかってくる欲望という名の敵襲をぶった切る。

「明日もよろしくな、フレイム」

就寝時間になりそれぞれの部屋に戻る前に、お互いにこれ以上気まずくならないように、努めて明るく挨拶をするデュラン。

ああ、君は本当に王子様なのか？　そんな気遣いが出来る王族、貴族なんて滅多にいないよ。

君は綺麗な人だ。顔だけじゃなく心も綺麗だ。

愛(いと)しい気持ちがこみ上げる。

「おやすみ、デュラン」

その艶やかな唇にもう一度キスをしたい。こみ上げてくる衝動を必死に抑えつける。

努めて平静を装い俺も挨拶した。穏やかな口調で挨拶できたと思う……多分。

デュランの部屋の隣にある自分の部屋に戻った俺は、なかなか眠ることができなかった。

デュランはもう寝たのかな？

目を閉じると思い出すのは、触れ合った唇の感触。絡み合う舌の触り心地だ。

そして。

『あ……ふぅっ……ぅんっ……ふ、フレイムッッ……』

色っぽい、デュランの声。

あの声、もう一回聞きたい。まざまざと思い出す肌と肌が密着した時の温度。水の中なのに、異様に暑かった。あの白絹のような肌、すべすべした肌にもう一度触れたい。

気が済むまで触れたら、デュランの中にこの欲望の象徴を埋めてしまいたいっっ！

デュランの中はどんな感じなのだろう？　こんな……自分でやっても仕方がないのにっっ。

俺はすっかり勃ってしまった自分自身を手で扱き始める。

こんなこと許されるはずがないのに――

分かっていても俺は止められない。デュランのことを想像しながら、俺は自身の欲望を解放した。

そんな自分自身に問いかける。


騎士道って何ですか？

翌日からは何事もなかったかのように平穏な日々が続いた。

俺も、ジュレネ先生から魔術を習うことになった。

実は、魔術はデュランの方が上だ。俺は中級魔術師だけど、どっちかというとまだ初級寄り。他の同級生も大体そんなものだ。むしろ初級魔術師の方が多い。

デュランは初級ではあるものの、既に中級の実力を持っているように見える。さらに魔術によっては上級に近い実力がある。特に治癒(ちゆ)の魔術は、俺は小さな治癒の光を出せる程度なのに対し、デュランは癒やしの風を起こすことができる。

防御壁(シルウォール)も俺が自分サイズなのに対し、デュランは横幅五十メートル、屋根よりも高い壁を作ることできる。

そんな俺に、ジュレネ先生はニヤニヤ笑って「貴方(あなた)も頑張らないと駄目ね。いろいろと」と意味深なことを言ってきたりした。

あの出来事がなかったかのように、夏休みは平穏な日々で埋め尽くされた。

でもその方がいいのかもしれない。俺達は男同士であり、王子と騎士という身分差がある。

自分の気持ちが分かっていても、簡単には突っ走れない。分かっている……だけど、この気持ちを抑える自信が全くと言っていいほどない!!

はっきり言って、俺はあの湖でキスした瞬間に戻ることが出来るのなら、死んでもいいとさえ思っている。あの時を思い出しながら、今や自慰行為にふける日々。

一体どこへ行った、俺の騎士道!?

こうして、夏休み後半は、理性軍と欲望軍の熾烈(しれつ)を極める攻防戦が続いた。

朝から剣の稽古をしていたから疲れたのだろう。裁縫している最中、デュランはうたた寝をしていた。その無防備な寝顔があまりにも可愛くて、理性軍はかなりの苦戦を強いられた。更に寝言で「フレイムぅ」と言われた瞬間、理性軍はあわや全滅寸前。丁度セネガルさんという大援軍が部屋に来てくれたおかげで持ち直したけど。

繰り返される戦いの結果、理性軍が辛うじて勝利し、夏休みは終わった。

俺は戦いに勝ったのだ!!（一応）

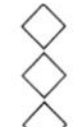

私の名はジュレネ＝フィルマン。

年齢は非公開だけど、エルフ界ではお年頃よ。あらぁ、誰かしら？　どこからか「嘘(うそ)を言うな」ってツッコミが聞こえたような……そんな事を言うヤな子は豪速ハリセンちゃん食らわせるわよ？　くす♥

今、私には可愛い教え子がいるの。

デュラン＝アストレア。私はデュランちゃんって呼んでいるわ。

最初はね、太っていて、引きこもりで臆病だって言うから、まぁ子猫ちゃんを可愛がるような感じで行こっかなぁって思ってたの。でも実際に会ったら、太ってはいたけど、意志の強そうな目をしてたわ。あ、これだったら、メガブラックグリズリー（巨大な熊型の魔物）を可愛がる感じでいけばいいかって思って、愛用のハリセンちゃんを駆使することにしたの。

あのレティーナちゃんの息子だけに、才能はあったみたいね。初日はサイコロみたいだった防御壁が、三日で首の高さにまでなったわ。そしてその次の日には完全に頭の高さまでになった。

それに癒やしの才能はピカイチだったわね。初回の練習で、折れた枝を直すことに成功したもの。

治癒魔術や防御魔術に比べたら、攻撃魔術の伸びは今ひとつだったけど、アストレア高等学校に通う同級生ぐらいには十分追いついている……というより、もう追い越しているわね。治癒魔術だけなら宮廷魔術師として即戦力になれるわよ。

ほんと、びっくりしたわ。本人には「これが普通だ」って言って聞かせていたけどね。図に乗られても困るから。だけど、あんまり図に乗るような子じゃなかったわね。

一応、領主の息子の自覚はあるみたいで、最終的には雨寄せの術（レイク・フォーレ）が使えるようになりたいみたい。でもあれって、唱えるのがとても大変なのよね。長い呪文を一日中唱えなきゃならないから。しかも空で言えるようにならないといけないのよ？　呪文はよどんだり、もちろん噛んだりしたらいけない。それを一日中唱えるのだからね。難易度の設定は中級魔術師クラスだけど、上級魔術師でも成功率は低いの。

レティーナちゃんはかつて三度ほど唱えて、三度とも成功しているんだけどね。彼女は私の教え子の中で二番目に優秀な子なの。

一番優秀なのは誰かって？　一番目も女の子よ。私の生徒って女の子の方が優秀なのよねぇ。やっぱり女同士の方が女子会のノリで楽しく学べちゃうというか。ムカつく元彼やスケベ上司のこと考えて攻撃するのよって言ったら、すごい破壊力なんだから♥

え？　私は女子じゃないだろって？　……うるさいわよ、そこ!!

ある日、デュランちゃんは、私の髪をシュシュという可愛い髪飾りで結んでくれたの。

嬉しかったわ。その頃はまだ太っていたけど、すごく紳士的で格好良かった。本当に人間って顔じゃないのよ。内面から格好良さが顔に出てくるのよね。それから事あるごとに新作の髪飾りや装飾品、それから彼が考案した新しい服も私に着せてくれたわ。

味気ない服が多いこの世界で、デュランちゃんが作る服はとても斬新で華やか。それなのに、この世界との違和感を感じさせない。

身体は男でも心は乙女な私の気持ちを汲んでくれているのを感じるわ。男でも違和感がなく、女性のように華やかな服をちゃんと考えてくれているのよ。

今まで沢山の生徒を教えてきたけれど、会うのが楽しみだった生徒は彼が初めてよ。あと〇〇年、産まれてくるのが遅かったら好きになっていたと思うわ。

それからもう一人、最近気になる子がいるの。

フレイム＝ヴァレンシュタイン。

あのヴァレンシュタイン家の四男らしいわね。ふふふ、可愛い坊やなのよ。熱い目でデュランちゃんのこと見詰めたりして。

ある日を境に二人はものすごく意識し合うようになっちゃって、目が合うと恥ずかしそうにするし、普段喋っている時も、さりげなーく視線を逸らせたり、俯いたりしてね。

あー、可愛いっっ!!

何かきっかけがあったら猪突猛進になりそうなフレイムちゃんと比べると、デュランちゃんは少し余裕があるわよね。あの子って不思議と年相応じゃないのよね、落ち着いてかまえているところが。

お互い意識しながらも進展はなし。

あーっっ、もどかしいっ!!　早く、くっついちゃいなさいよ!!　まだ男の子同士に対する恋愛に抵抗があるのかしらね。それに身分差もあるか。人間って面倒な生き物よね。

その日、私は剣術の稽古をしている二人を遠くの方で見学していたの。剣と剣がぶつかり合い、顔が間近になったところで、恥ずかしそうな顔して……ああんっ！　そこでキスしちゃってもいいのよ。お姉さんがたっぷり堪能してあげるんだから。

そんな邪なことを考えていた時。

「うふふ、可愛いですね。二人とも」

不意に私の横に、大きなオッパイ。う……このムカつくデカパイはまさか。

「お久しぶりですね、ジュレネ先生」

「グレイシィちゃん、あなた」

彼女はグレイシィ＝アストレア。彼女は私の教え子で一番優秀な魔術師よ。

国王や王子の正妻はアストレア姓を名乗ることが許されているけれど、それ以外は実家の姓を名乗るのがこの国の習わし。エルウィンちゃんの正妻である彼女はアストレア姓を名乗ることが許されているの。

「今日は久々に夫婦で休暇が貰えたので、里帰りすることにしたのです」

「エルウィンちゃんは？」

「彼は用事を済ませてから此処に来ることになっていますよ」

エルウィンちゃんも規格外な子なのよね。魔術も誰かから学んだわけじゃなく、自力で身につけたの。中級魔術師だけど、もう十分に上級魔術師の腕はあるわ。ただ、あの子は忙しいみたいだから試験を受けていないだけ。

「でも遅れて来ることになってよかったわ。あんな光景見たらうちの人、フレイムに爆撃(クライル)くらわせそうですから」

「あら、フレイムちゃんと一緒に山が二つ三つなくなって見通しよくなりそうね」

度を過ぎた兄弟愛って怖いわ。お兄ちゃんを狂わせちゃうなんて、デュランちゃんも罪な子ね。

「それにしてもデュランは本当に変わりましたね。コロコロの時も可愛かったけど、今は凄く綺麗になって……あの人も心配するわけですね」

「そうなのよね。社交界でもモテモテだったみたいだわ」


レティーナちゃんによると、お茶会以来お見合いの話が殺到しているらしいの。その中に四大公のお嬢様方の名前もあるらしいから凄いわよね。

あのクラスのお嬢様となると王位からほど遠い七王子なんて。本来なら候補にも挙がらないはず。でもお見合いの話が来たということは、お嬢様方がデュランちゃんをものすごく気に入っているってことなのよね。

「しかもあのフレイム＝ヴァレンシュタインまでデュランに想いを寄せている……ふふふ。今度の授賞式で〝デュランをください〟って陛下に言いそうですね」

「授賞式？　ああ、もうそんな時期なのね」

この国では年に一回、国に貢献した人間が王城にお呼ばれされるの。ネルメア賞といって、私にとってはどうでもいい賞なのだけど、アストレアではとても栄誉があるとされている賞なのよね。その名誉の一つが、賞を貰った暁には、国王陛下に直接一つだけお願いすることが許されるというものなの。

でもさすがに王子様をくださいは、無茶振りもいいところ。フレイムちゃんもそれはしないと思うわ。そもそも、まだ結婚までは考えが至ってないわよね。だってようやく友達から友達以上を自覚したところだもの。

「その口ぶりだとフレイムちゃんの受賞は決まりみたいね」

「ええ、百人斬りの英雄として、ようやく受賞できる年になったので」

フレイムちゃんは十三歳の時に百人斬りの英雄として称(たた)えられている程、国に貢献はしていたけど、ネルメア賞って十八歳からしか受賞できないのよねぇ。

「今回デュランも受賞が決まりました。経済に貢献しましたからね」

「『デュデュ』と『デュライザ』、すごいものね。今」

国内に留(とど)まらず、今や海外にまで大人気のアクセサリーショップですもの。外貨獲得も相当額に上る、って聞いているわ。

「デュランは国王陛下と見(まみ)えることになります」

「そうなるわね」

「そしてそれを快く思わない人間達がいます」

「……」

ああ、なるほどね。

現国王のウィリオちゃんだったら、デュランちゃんの顔見た瞬間、溺愛しちゃうかもしれないわね。ホント、そっくりだもの。デュランちゃん可愛さのあまり、次期国王に指名しちゃったりして……うふふ、さすがにそれはないかしら。あの宰相（たぬき）ちゃんがそれはさせないわよね。だけど、十分予想されるそれを、恐れる馬鹿貴族はいるかもしれないわ。そうなるとデュランちゃんが危ないわね。

「先生、デュランのことよろしくお願いします」

「グレイシィちゃん」

「あの子はあの人にとって大事な弟。私にとっても大事な義弟です」

グレイシィちゃんは幼い頃に、実の弟を病気で亡くしているものね。生きていればデュランちゃんと同い年だって言ってたわ。だから余計に義弟が可愛いのよね。

「……しょうがないわね」

まぁ、あなたに頼まれなくても、デュランちゃんのことは守るつもりよ。

だって私の可愛い生徒だもの。だけど今回のネルメア賞授賞式は、一波瀾（はらん）も二波瀾もありそうね。

うふふふふ。なんか楽しくなりそうっっ!!

第六章 ★ 王子達の衣装

王都グラスブリッジには『デュデュ』と『デュライザ』の本店が建ち、そして『デュデュ』の二号店がミルドの街に、半月後には『デュライザ』の二号店も港町トーラスに建てられた。

他にも総合施設に店を置いたり、移動式の店を出したり。店舗展開のスピードは、前世よりも早いような気がする。

ソフィア夫人のコネクションがものを言っているのだろうけど、ここが魔術の世界であることも関係しているかもしれない。魔術が使える大工さんにかかると、店を建てるのも三日あれば十分なんだって。

お針子さんでも魔術が使える子は一人で何百個も量産できる。覚えた技術と材料があったら、複製魔術を使えば魔力と材料がつきるまでは何個でも作れるんだって。そんな魔術があるなんて知らなかったなぁ。うーん、機械いらずだ。

ただし、複製魔術は単純な品物にしか使えない。魔力で動く繊細な機器や機械などはやっぱり手作業じゃないと作ることができない。

俺もお針子さんに教えて貰って複製魔術が使えるようになったけど、結構難しいんだよな。

Tシャツは何枚か増やせるけど、フリルのブラウスやドレープのシャツなど、少し凝った作品になると形が崩れたり、縫い目が雑だったり、ボタンがついてなかったり、不良品が出来上がっちまう。熟練の技術と魔術の能力、両方あって初めて上手くいくみたいなんだよな。こいつはまだまだ練習が必要だ。

ちなみに複製魔術の使用は国際的に制限されている。技術を盗んで勝手に店を出したりする奴がいるからな。二十個以上の複製は、色々手続きがいるんだと。

さらに海外にも商品が置かれるようになり、店舗を構えることになった。

経済大国として有名なウィンディ王国は、特に世界中の商人が集まる貿易港もあるので、そこに店を構えるのはとても重要なことらしい。

既にアストレアでの評判を聞きつけていた情報通なウィンディ女性達が、開店前から列を作っていたという。それに加えて転売目的の商人や産業スパイらしきアヤシイオジサン達の姿も、あったとかなかったとか。

その経済効果はかなりのものだったらしく、俺は知らずしらずの内に国に貢献していたらしい。生まれて初めて、王宮からネルメア賞授賞式および、晩餐会の招待状を頂いてしまうことになったのだ。

この国の守護神・ネルメアの名前がついた栄誉あるこの賞を、何年か前にエルウィン兄さんが、鉄道を敷いたことを評価されて受賞したって言っていた。

ちなみにエルウィン兄さんは、今年も魔眼鏡（まがんきょう）を発明したのが評価され、貰うことになっているらしい。魔眼鏡とは映し出したものをそのまま記録したり伝達することができる鏡で、前世でいうと防犯カメラの役割を果たすものらしい。

コイツのおかげで城のセキュリティが格段に上がったそうだ。他国の城でも使われるようになっているとか。

あと受賞者のリストを見てみるとゲオルグ兄さんとザド兄さんは防衛活動と災害救助活動などで国に貢献して受賞が決まっている。

他にも有力な貴族の名前が連なる中、なんとフレイムの名前もあった。

凄（すご）いよなぁ。そりゃ士官できる年齢になった今、方々からスカウトが来るわけだ。

モリスも兵士強化に貢献したことで受賞しているみたいだな。

モリスは今、ザド兄さんの所にいるらしい。ここ最近のザド兄さんが率いる軍の活躍はめざましく、強敵だったリリザの第三王子の軍も破ったらしいからな。あ、ザド兄さんとリリザの第三王子ってどうも宿敵らしいんだよな。同じ第三王子だからかな？　多分それは偶然だと思うけど。今回の戦でアストレアが大勝したのは、モリスの兵士強化が功を奏したそうだ。

受賞者は国王に直々に「願い事」を言うことが許される。俺は同盟国への留学の許しを願い出るつもりだ。見聞を広めるためと言えば、向こうも納得してくれるだろうし。

ふふふ、この日のために服も作ったんだぜ？

今回は袖と襟（ラペル）部分は黒のシルク混、それ以外は真っ白なの高級ウールで仕立てたシングルブレストだ。丈は膝下まであって、前世のフォーマルより長めに作ってある。

授賞式にはこいつを着る予定だ。

あとゲオルグ兄さんに頼まれていた服も出来上がったぜ。カーキ色で防御力高い鋼糸の布で作られている。詰め襟タイプで、背の高い兄さんに似合う超ロング丈。くるぶしのところまである上衣、袖章は黒地に金のライン。黒の腰ベルトはやや太め。王族の肩章、反対側の肩にはマントが掛けられるようになっている。

ザ、軍服って感じ。でも絶対ゲオルグ兄さんなら似合う。

あー、でもゲオルグ兄さんにだけ贈ったら、エルウィン兄さん絶対すねるな。かといってエルウィン兄さんのも作ったら、「俺様のはないのかよ」と、ザド兄さんのご機嫌が悪くなりそう。

しょうがないな。受賞のお祝いとして二人の分も作るか。

こうして俺は授賞式に間に合うように、夜なべをして兄弟のフォーマル着を作ることにしたのだった。

「どうも今一つだな」

その日、ゲオルグ＝アストレアは授賞式に着ていく服に迷っていた。

「去年の授賞式で着た服を着て行けばよろしいのでは？　その為に誂えたものだったのでございましょう？」

侍従である少年、ニールはジャケットをハンガーに掛けながら言う。

ネルメア賞授賞式は、人によっては一生に一度の一大イベントになるのだが、戦や災害救助活動の活躍がめざましいゲオルグにとっては、ほぼ恒例行事となっていた。故に毎年着られるように授賞式用の衣装を作っておいたのである。

「それがどうも去年作ったというのに、袖が短くなっているのだ」

「はぁ……背が伸びたのでしょうかね」

「俺はもう二十六だぞ」

「いえいえ、人によっては三十になっても伸びる人もいますし。それに筋肉が前より増えたくましくなられたせいもあるのではないですか」

ゲオルグ＝アストレアは窓の方を見て「はぁ」と溜め息をつく。どの服ももう一つというか。着てみるともだぶついたり、もたついたり。体型がすっきりと見える服があっても窮屈だったりして、ピンと来ない。

どういう服を着ていけばよいのか考えあぐねていたところ、ドアをノックする音が響く。

「恐れながら申し上げます」

白い箱を持った女性が部屋に入ってきて、すっと跪いた。

「若殿、先ほど弟君より受賞のお祝いが届きました」

「……マーガレット、夫に跪くのはよせと何度も言っているではないか。あと夫に向かって若殿はよせ」

「も、もうしわけございませぬ。長年の癖というものは、なかなか抜けぬようで」

女性はすっと立ち上がる。

彼女の名はマーガレット＝アストレア。

ゲオルグの正妻だ。彼女は前世の記憶を持つ〝転生者〟だという。

〝日本〟という異世界の国で、〝忍び〟と呼ばれる仕事についていたという。忍びとは諜報活動や破壊活動、暗殺や偵察などをおこなう、いわゆる影の職種の人間らしい。

前世では幼い頃より四十年間忍びとして働いていたので、その癖がまだ抜けないのだ。とはいっても二児の母になる彼女も、このままではまずいと思っているようではあるのだが。

「ゲオルグ様、こちらを」

若殿からゲオルグ様と言い直して、箱を差し出す。

「デュラン様よりお祝いの品です」

「ほう？　デュランが」

ゲオルグは訝りながら、差し出された箱をあけた。そこには見たこともない服が入っていた。

「これを、あいつが私に……？」

「はい。こちらが書状でございます」

マーガレットは小さな封筒に入った手紙をゲオルグに手渡す。

ゲオルグ兄さんへ
お茶会の時に頼まれていた服が完成しました。
礼服として使っていただけたら幸いです。
それからご出産おめでとうございます。
産着(うぶぎ)とぬいぐるみも作ったのでそれも贈りますね。

デュランより

「なんと……あの時、そんなことを言っていたような気はするが」

ゲオルグは目を見張り、その服を手に取り、軽く上に羽織ってみる。マーガレットはそれを見て、瞳を輝かせる。

「な、なんと素晴らしい……初めて見る服でありますが、デュラン様の見立てでありましょうか」

「見立てたのではなく、これはアイツが作ったのだと思う」

「な、何と……っつ!!」

「あんなのは社交辞令の約束と思っていたが……デュランは覚えていてくれたのだな」

嬉(うれ)しそうに顔を綻(ほころ)ばせるゲオルグに、マーガレットも嬉しそうに何度も頷(うなず)く。

「よい弟君をお持ちですね。それにアヤメの産着まで……」

後からメイドが持ってきた別の箱には、柔らかな綿で作られた産着、そして東の大国ファイシンの民族衣装を着た男の子のぬいぐるみが入っていた。マーガレットは思わず目を潤ませて、じっとそれらを見つめている。

ニールはまるで自分が服を貰ったかのようにはしゃいだ声で言った。

「ゲオルグ様、折角ですから、この服を授賞式に着て行きましょう!! デュラン様もお喜びになると思いますっっ」

ゲオルグは頷いて、服に袖を通してみる。シックな緑の軍服は、今着ている服よりはるかに着心地が良く、鏡を見てみると身体の線もすっきりとして、見場も良く見えた。

「格好いいっっ……自分もこの服欲しいですぅ」

瞳をきらきらさせるニールの視線がかなりうざいのだが、しかし本当に悪くない。ニールの提案に従うのは少し癪(しゃく)だが、この服を授賞式に着ていくことにしよう。

嬉しそうなゲオルグを、横にいるマーガレットは微笑(ほほえ)ましく見詰めていた。

一方、帝都グラスブリッジにあるエルウィンの邸宅。

執務室にて同じように服を受け取ったエルウィンの喜び様は、少し……ではなく、かなり異常であった。

　贈られた服を見るなりそれを抱きしめ、顔を埋める。どうやら匂いを嗅いでいるらしい。

　絶世の美青年だというのに、その図はもはや残念としか言いようがない。

「……エルウィン様、そんなことしていたら服が皺になります。どうせ授賞式には、その服を着るのでしょう？　確かにお似合いだと思いますし、詰め襟の白の上着はあなたのイメージに合っていると思いますよ？　ええ、あなたの可愛い弟君が作られた服ですから、それはもう素晴らしい出来だと思います、はい」

　その口調は実に淡々としている。

　エルウィンの側に立つマルーシャ＝ヴァレンシュタインは、狐のような細い目をますます糸のように細くして、眉間に皺を寄せる。もう主であるエルウィンの度を過ぎた弟溺愛ぶりにうんざりしてしまい、服の出来がどうとか似合うとか似合わないとか、そんなものどうでもよくなっているのだ。


「マルちゃん、そのつれない言い方はないんじゃないか」

「誰がマルちゃんですか。子供の頃の呼び方はいい加減に卒業してください」

　何度も抗議しているが、エルウィンは聞いちゃいない。いそいそと弟が贈ってくれた服を着込んで、自慢げに見せびらかす。

「マルちゃん、似合うかな。これ」

「だからマルちゃんはやめてください。あなた、嫌がらせで言っているでしょ？　ええ、ええ、似合います。似合いますとも。イメージ通り、想定の範囲内、ある意味新鮮味がないぐらいに、よくお似合いですとも」

「……それって褒め言葉？」

マルーシャの反応は今一つであるものの、後ろに控えるメイド達は、白の軍服に身を包んだエルウィンにぽーっと顔を赤らめていた。

そう、黙っていれば絶世の美青年。絵にも描けない美しさがそこにあるのだ。

「最近、厄介なことにね。デュランが綺麗になっちゃったんだよね」

鏡を見て前ボタンを留めながら、ぶつぶつ言うエルウィンに、マルーシャは訝る。

「綺麗、ですか」

マルーシャは太っている時代のデュランしか知らないので、怪訝そうな顔になるばかり。

「ダイエットしちゃってさ。以前はコロコロしていて可愛かったんだよ？　それがこの前会った時、痩せて綺麗になっちゃってたんだよ。だから、ザドの馬鹿がデュランに目を付けてさ」

「はは、ザド殿下の趣味も変わられたのですね」

「お前、僕の話信じてないだろう？」

不服そうなエルウィンに、マルーシャは肩を竦める。彼らは主従関係にあるが、それ以前に苦楽を共にしている幼なじみの親友。故に互いに遠慮なく物が言えるのだ。あくまで、公ではないプライベートの場に限られるが。

マルーシャには、あんなに太っていた第七王子が多少痩せたところで、綺麗になるとは到底思えなかった。おまけに社交界にもろくに出られないような軟弱者で、見ていて苛々することも多々あった。弟のモリスからデュラン王子の愚痴を聞かされていたこともあり、あまり良い印象を抱いていなかった。

しかしエルウィンにとっては可愛い弟らしく、ぶくぶく太った弟の写し絵を見ては「可愛い、癒やされる」と言っているのだから、本格的な病気だと思っていた。

それだけではなくエルウィンの妻、グレイシィ＝アストレアもデュランのことが可愛いと思っているらしく、夫の実家の館にいる間はデュランに水泳を教えたり、勉強を教えたり、得意な焼き菓子を作ってあげるなど、何かと世話を焼き、離れている間も「はぁぁぁ、私の可愛い義弟はどうしているのかしら？」と、夫と同じ病気にかかっている様子だ。

そんなエルウィンの口から「弟が綺麗になっている」と言われても、信じられるわけがない。九十九パーセント身内の贔屓目に決まっていると、マルーシャは思っていた。

第七章 ★ 狙われた王子

授賞式のために王城へ向かう日まで、あと三日と差し迫っていたが、移動の時、俺を護衛してくれる騎士がいない。モリスが辞めてしまい、フレイムは受賞者。セネガルが納得する護衛がなかなか決まらない中、名乗り出てくれたのは、なんとジュレネ先生だった。

彼……じゃなくて、彼女は上級魔術師という資格だけじゃなく、上級剣師の資格も持っている。いわゆる魔術剣士なんだって。

この魔術剣士と呼ばれている人間は国内でも十数名ほどしかいない。特に上級魔術師の資格に加えて上級剣士の資格も、となると国内に一人いるかどうか。

実は国内どころか、他国の将軍まで先生のことを欲しがっているそうだ。

そんな凄(すご)い人が何で俺に魔術を教えてくれる事になったかというと、金欠だったところに、家庭教師募集のチラシを見て、それで申し込んだという。うん、ごくありふれた理由だな。

あっちこっちからスカウトされまくっているのに、金欠って……。

何かの折に、誰かの元に仕えたいと思わなかったのかと聞いたところ、多くの人間は、男の身体(からだ)で女の心を持った自分のことを心の中では馬鹿にしているのが分かって、仕えたい人がいなかったと答えていた。

そういう差別は前世でもあったことだけれど、こっちの世界だとそれが露骨だったりするからな。差別は当然だと思っている馬鹿野郎が多い。

でも、子供の時以来の王都にこの人が一緒に付いてきてくれるのは、俺としてはとても心強い。セネガルもジュレネ先生であれば安心だと太鼓判を押してくれた。

そして三日後、ジュレネ先生はいつも以上におめかしして、俺の元にやってきた。

「あなたが今まで作ってくれた服の中で、一番お気に入りの服を選んだわ」

そう言って笑う顔は本当に可愛い。

透け素材のハイネック黒ブラウスに、スリットが入った同色のタイトスカート。その下には細身のレギンス。肩には上級魔術師の証である青いフード付きのマント。腰にはレイピアを下げている。

その姿は美しくも凛々しく、身体は男かもしれないけれど、俺、この人となら付き合えそう。

ま、向こうは完全に俺のこと息子か孫みたいに思っているけどな。


こうして俺は美しくも頼もしい護衛と共に、王都へ向かうことになった。

移動手段は前回と同じく汽車だ。王都グラスブリッジまでは一時間半ほどかかる。

汽車を降りると駅の大きさに俺は呆気にとられた。前回のお茶会の時に降りたニース駅よりはるかに大きな駅だ。プラットホームには汽車を待つ人々が大勢並んでいるし、改札を出て見上げると、イギリスのビッグベンを思わせる時計塔が見えた。

その時計塔の下から延びる道路の、馬車の待機所に何台かの馬車が停まっていた。その中でも剣と鳥の羽の紋章が車両に描かれた、一際大きい馬車に乗る。

剣と鳥の羽の紋章はアストレア王家の紋章なのだ。大きさだけでなく内装も、王室の馬車だけに豪奢（ごうしゃ）な造りで、スプリングの利いた座席も、空調石というエアコンの役割をする魔術のかかった石も置いてあるので快適だ。

でもやっぱり前世の車の方が乗り心地は断然いい。車だったらテレビも見られるし、音楽も聴けるし。ああ……ほんと、俺って恵まれた世界で生きていたんだな。そこに当たり前のようにあったもんが、この世界じゃないんだもんなぁ。

今は石炭と魔力が動力の汽車が主流だけど、近い将来魔力だけで動く列車が出来るらしいからな。それならば、魔力で動く車を造ることも可能なんじゃないだろうか。今度エルウィン兄さんに聞いてみようかな。

そんなことを考えながらふと、窓の外を見ると何だか景色が長閑（のどか）っつうか、森の中に入ってる？

「あれ……城って、こっちの方向だった？？」

俺が言った瞬間、馬の嘶（いなな）きが響き渡った。そして激しく揺れる馬車。

「防御包（シルドーム）」

ジュレネ先生が両手をかざし唱えた瞬間、俺は半透明なドームに包まれる。正面を守るだけの防御壁（シルウォール）と違い、防御包（シルドーム）は対象物そのものとその周辺も防御する優れもの。

「ここで待っているのよ！」

そう言って彼女（？）は軽やかな身のこなしで馬車から飛び降りた。

馬車越しに会話が聞こえる。

「……へっ、女一人か」

「護衛がそれだけたぁ、第七王子も不憫（ふびん）なもんだ」

「悪いが死んで貰（もら）うぜ」

えええええ!?　お、俺、命狙われているのか!?　何かヤバいことしたっけ？

「爆撃（クライル）!!」

ジュレネ先生の声が響いた直後。

どぉぉぉおおおお!!

激しい爆発音が轟（とどろ）き、馬車が大きく揺れている。

大丈夫なのか!?　何とか先生の手助けできないのか。

馬車から出ようと戸を開けようとするが……げげっ、ロックされている。何だよ、俺は外に出るなってことかよ。そりゃ、今出ても足を引っ張るだけかもしれないけど。

ああ、くそっ！　守られるばかりなのって、すっげぇ居心地悪い。だけど、俺は王子という立場上、そうしなきゃならないんだ。

前世とは違うんだ。

だけどやっぱり守られるばかりは嫌だ。

俺はもっと強くなりたい!!

程なくして、「ぎゃぁぁ」という野太い悲鳴、そして「ゆるじてっ」と泣き縋る声。

「お願い、何でも言いますからっ！」と命乞いする男達の阿鼻叫喚が聞こえて来た。

窓からそうっと外の様子を見ると、黒焦げになった男達が折り重なり、辛うじて黒焦げにならなかった面々もハリセンでボコボコに殴られて、ジュレネ先生に向かって土下座している光景が見えた。

「い、一体何が？？？」

恐る恐るジュレネ先生に尋ねると、男の一人を踏んづけていた彼女はにこやかに笑って言った。

「どうもこの子達が、あなたのこと消そうとしていたみたいなの。だから今、誰に頼まれたのか吐かせているトコ♥」

……語尾に♥付けるような内容じゃないだろ。

一体、誰が俺の命を狙っているんだ？　俺は王位からもほど遠いし、つい最近まで引きこもり野郎だったし、周りからは歯牙にもかけられないような男だったはずなんだが。

「それで誰かしらん？　私の可愛い生徒を消そうとしたお馬鹿さんは」

言いながらジュレネ先生の鋭いヒールが、熊のような巨漢の顔を踏んづけている。

「そ、それは……ザド王子に命令されて」

う、嘘。ザド兄さんが俺を？？　一体何で？？

「あらん、あっさり吐いたわね」

うふふふと笑いながら、ジュレネ先生、胸のポケットから石のような物を取り出して、男の頭にくっつける。そしてもう一回彼女は問いかける。

「あなた達に、こんなお馬鹿なこと命じたのは本当にザドちゃんなの？」

「そ、そうです……ぶぎゅあっ!?」

男の口から、有り得ないような悲鳴があがる。

な、何が起こった!?

ジュレネ先生は、にこやかに笑って男に言った。

「ああ、言い忘れていたけど、この石は尋問石と言って、嘘を言うと死ぬほど痛い電撃を浴びることになるのよ」

「……な……何だって……尋問石……って、上級魔術師しか作れない代物」

男は慌ててくっついた石を取ろうとするが、どう引っ張ってもとれないみたいだ。

「だって私、上級魔術師だもん。あ、ちなみにあと二回嘘ついちゃうと、本当に死んじゃうかもらね？」

すごく可愛らしい笑顔で恐ろしいこと言ってるよっっ!!

「さ、もう一回問いかけようかしら？　あなた達のことを雇(やと)ったのはだーれ？」

「ロスモア伯爵です……ロスモア」

力なく答える男に対し、尋問石は反応しない……つうことは本当か。

ああ、兄弟の誰かじゃなくて良かった。

でもロスモア伯爵って……ネルメア賞受賞者の一人でもあったな。俺と同じく経済に貢献したとかで。確か、あそこの奥さんがニーナターシャ側妃の従姉妹(いとこ)だったはず。

ロスモア伯爵が俺を狙いそうな理由は、母上からもそれとなく聞いてはいる。あのお茶会がきっかけで、俺はニーナターシャ一派から敵視されるようになったらしい。

親父に似たこの顔もさることながら、ギュンターに声をかけられたことが大きかったようだ。迷惑な話だけどな。

ニーナ一派だけじゃない。他の王子の母親である側妃達、そしてその親族達。我が子を、我が一族の子を王にと願う貴族は多い。その為には、一人でも多く、王太子候補となり得る人間は消しておきたいわけだ。

本当に、マジ冗談じゃないっつーの。

俺を消そうとした悪漢達は、ジュレネ先生の魔術によって眠らされ、木の幹に縛りつけられた。二、三日は起きないらしいので、城に着いたら役人に引き取りに来て貰うよう手配するとのこと。

あと馭者だったらしく、本物の馭者は駅前の路地裏でのびていると自白した。

「お城に連れて行ってね。あなたも長生きしたいわよね」

そう言ってさっきと同じ尋問石を偽馭者の男の額にくっつけた。男は慌てて取ろうとするが、やっぱり取れない。どうも術者の手でしか取ることができないらしい。

「良かったらあなたにもあげるわ。あと三つあるから」

「……ど、どうも」

こ、こんな物騒なもん、使う機会あるのかなぁ？　俺はそれを親指と人差し指で持って、空にかざしてみる。見た目はおはじきみたいな、綺麗な赤い石だけど。

「あ、偽馭者さん。今度嘘の道通ろうとしたら、激痛が走ることになるわよ？」

「…………っっっ」

偽馭者は従わざるを得なかった。予定していた到着時間より少し遅れたものの、俺達は無事に王城へたどり着くことができたのだった。

着いたのはグラスブリッジ城。
初代王の名が付けられたその城は星の形をした土塁の上に建てられている。星形要塞という言われる様式で、日本だと五稜郭が有名だ。幅の広い水堀に囲まれ、星の先端にあたる場所

にクリスタルの柱が立っている。その五本のクリスタルからは強力な防御壁（シルウォール）、防御包（シルドーム）、魔術無効の結界など、あらゆる防御魔術が常に張り巡らされている。

城門をくぐると出迎えるのは、守護神ネルメアの像。白鷹を肩に載せた女神像だ。

その守護神の像に祈りを捧げ、深く一礼して城に入るのが決まりだ。


王城内には、賓客の為に用意された控えの間があり、王太子候補である王子ともなれば個室が用意される。

その中の一室にて、マルーシャ＝ヴァレンシュタインは、己の主（あるじ）であるエルウィン＝アストレアの姿を見て、密（ひそ）かに溜（た）め息（いき）をつく。

エルウィンはデュランからプレゼントされた服に身を包み、とても嬉（うれ）しそうに鏡を見ていた。白の詰め襟、ボタンには金糸のモールが施されている。そして仕上げに白のマントを羽織る姿は確かによく似合っている。正面、背中、横向き、斜めなど、鏡に映る自分の姿をあらゆる角度から見ては、満足げな表情を浮かべていた。

その時、部屋にノックの音が響いた。

「失礼しますエルウィン様、デュラン様がお会いしたいと……」

「すぐに通しなさい」

執事が言い終わる前に、即答。

こいつ、弟が絡んだら、簡単に暗殺されるな、と心の中で呟（つぶや）くマルーシャ。

ほどなくして執事がデュランを連れてきた。

「失礼します、兄上。ベルトを渡し忘れたので」

入ってきた少年の姿を見て、マルーシャは狐のように細い目を丸くする。

え……彼がデュラン＝アストレア!?

声は確かに以前聞いたデュランの声に違いない。しかし目の前に現れたのは別人としか思えない少年だ。

抜けるような白い肌に、形の良い淡い朱の唇。瞳の色はエルウィンと同じ透き通ったエメラルドグリーンで、メルギドア家の血を引く証も色濃く宿している。細身でありながら、運動もしているのか適度な筋肉もついており、エルウィンとはまた違うタイプの美青年。切れ長の、くっきりとした二重、意志の強そうな瞳の輝き。

別人だ。別人がなりすましているとしか思えない。

「あ、マルーシャさん。この前ピンクルの焼き菓子、ありがとうございました。母上と美味しくいただきました」

「あ、は……はい。それはようございました」

確かについ最近、普段からお世話になっているエルウィンの実家に焼き菓子を送った覚えがある。社交辞令としてデュラン様にどうぞ、と書き添えて。

やはり本物なのか？　いや、だけど家族で示し合わせれば、偽物にそういった小ネタを吹き込むのは容易なことだ。しかし引きこもりの弟に代わって代役を立てるのであれば、普通はもっとそっくりな奴を用意するはずだ。

しかもデュランを見た瞬間のエルウィンのあの喜び様は、相手が弟の代役だったらまず有り得ない。確かに喜んでいるフリくらいはできるだろうが、長年の付き合いであるマルーシャには、それが演技ではなく、ガチであることぐらいはすぐに分かるのだ。

「ああ、デュランっ。この服、さっそく着てみたんだよっ」

頰を上気させ、白の詰め襟の軍服を着た姿を見せるエルウィン。デュランも嬉しさを隠さずに声を弾ませる。

「凄く似合っていますっ、ああ、よかった。サイズもぴったりみたいですね」

「とても着心地がいいよ。毎日着たいぐらいだ」

「ありがとうございます。でもそれは正装なので出来れば大切な時に着て欲しいですね」

言いながらデュランはエルウィンの上着に腰ベルトをつける。そうするとその正装着はより引き締まっているように見えた。

「あとは片方の肩にかけるようにマントをかければ……はい、出来上がり」

満足そうに上から下まで、兄の正装姿を見るデュランの姿は弟というよりは、エルウィンの衣装係に見えた。

「ところで兄上、ザド兄さんは今日、こちらに来ているのですか？」

デュランの質問に、ぴくんと眉を片方上げるエルウィン。

何故（なぜ）、その名前が今ここで出てくる!?

という心の声が、マルーシャには聞こえるのだが、弟にはそんなドロドロした心の中を読まれないように、エルウィンはにこにこ笑ったまま質問に答える。

「ザドも来ているはずだよ？　あの馬鹿……じゃなくて、ザドに何か用？」

「実はザド兄さんの服も作っているんですよ。本当は事前に送りたかったんですけど、ぎりぎりまでミジェールに滞在するって聞いていましたから。外国へ送るとなると手続きもいるし、時間もかかるので、当日渡した方が確実かと思って」


　ザド＝アストレアの母親は南の大国ミジェール国王の王妹である。彼女の里帰りにザドも同行していたのだ。母親が一国の姫君なら、ザドの言葉遣いも、もっと上品でもよいはずだが、ミジェールという国は王族も貴族も言葉遣いをあまり気にしないらしい。

　アストレアとミジェールは同じ大陸内にあるものの、陸路で行くとなると隣国ファイシンとアストレアを跨（また）ぐ山脈を越え、その後もいくつもの国の出国入国を繰りかえさなければならないため、ミジェール国へ行くのは、船での移動が基本だ。

　服を送るとなると船便で送る方法もあるにはあるが、国内の郵送と違い、外国からの郵送品は検査にもかけられるので、いつ送り主にたどり着くか分からない。だからデュランは、ザドだけには当日服を渡すことにしたのだろう。

「授賞式に着るものは既に決まっているとは思うんですけど、渡すだけ渡しておこうと思って。

ザド兄さんの分だけないと、あの人機嫌損ねそうだから」

「ザドの分もあるってことは、ゲオルグ兄さんの分もあるとか？」

「あ、はい。そもそもゲオルグ兄さんに頼まれていたので」

正直に答えるデュランに、マルーシャは苦笑いを浮かべる。

なるほど、先に依頼者であるゲオルグの服を作ったが、そうなるとエルウィンがへそを曲げるだろうと思い、エルウィンの分も作ったのだろう。しかしそうなると、あと一人の兄弟であるザドの分も作らないわけにはいかなくなったわけだ。マルーシャには手に取るようにデュランの気持ちが分かった。

「まぁ、ゲオルグ兄さんのおかげでこの服があると思えば、その点は感謝すべきなんだろうな」

エルウィンは服が自分の為だけじゃないことにがっかりしたようだが、すぐに考え方を切り替えたのか、気を取り直したように笑顔を浮かべた。

「ザドにも服を届けるんだ？　わざわざデュランが持って行くの？」

笑顔はそのままに、エルウィンの額には怒りマークが張り付いていた。

「本当は小姓に引き取りを頼んでいたんだけど、なかなか取りに来ないから、俺が届けるしかないかなと思って」

「あんな奴の所に持って行かなくていいよ。あんな奴のご機嫌とか知ったことじゃないし」

エルウィンの心の中のドロドロが、ダダ漏れしている。

「そうはいきませんって。せっかく作ったんだし。兄上、ザド兄さんのことあんまり好きじゃないんですね」

「元々馬は合わなかったけど、あいつがお前に目を付けてから余計にね。どうしてもデュランが行くと言うなら、僕も一緒に行くよ」

「エルウィン様、ギュンター様に呼ばれていることをお忘れですか。それこそいい加減に弟離れしてください」

「マルちゃん、君はザドがどういう眼でデュランを見ているか知らないから、そんなことが言えるんだ！」

「分かりました、分かりました、分かりました。では、私がデュラン様と共にザド様の元に参りますから。あなたはギュンター様が待つ執務室へお出で下さい」

何とかエルウィンを説得してから、マルーシャはデュランと共にザドの控え室へ向かうことになった。

「なんか、すいません……めんどくさい兄で」

「良いんです。もはや日常茶飯の一部に過ぎませんから」

「苦労しているんだな。マルーシャさん」

デュランはやや同情めいた表情を浮かべる。少し大人びたその表情にマルーシャは再び驚く。

「あなたはこの前お目にかかった時より、随分と印象が変わられましたね。まるで別人のような」

「あははは、あんたもブレオ兄さんと同じで、別人だと思ってる？　まぁ、頭打ったショックで、だいぶ目が覚めたことは確かだけど俺は俺だよ？」

「そうなのでしょうね。声は変わっていませんし……ですが、本当に……」

綺麗だ、という言葉がマルーシャの口からなかなか出てこなかった。

中性的な美貌のエルウィンと違い、涼やかな美男子という印象のデュラン。彼が笑顔を浮かべると、はっと引き込まれるような魅力に溢（あふ）れ、目が離せない。笑った顔や困った顔、瞬き一つの仕草すら見入ってしまう。

「どうしたんだ？　マルーシャさん。俺のことじーっと見て。まだ本物か疑ってんの？」

「あ……いえっ、そうじゃないんです……」

慌てて視線を正面に戻す。いくら幼なじみの弟とはいえ、彼も王子である。不躾（ぶしつけ）に見つめていた自分に気がつき、焦（あせ）るマルーシャだった。

ザド兄さんの部屋の前にたどり着いたけど、ドアの前には衛兵の青年が立っている。
すんげぇマッチョな兄ちゃんだな。細マッチョじゃなくてゴリゴリマッチョだ。
マルーシャさんは彼に向かって言った。

「第七王子のデュラン殿下がザド殿下にお会いしたいとのこと。お目通りを願います」

「申し訳ありませんが、現在ザド様はお取り込み中。誰も部屋に入れるなと言われております」

衛兵の兄ちゃんが申し訳なさそうに答える。

お取り込み中？　大事な話でもあるのか？

首を傾げる俺に、マルーシャさんは何かを察したらしく、「こほん」と咳払いした。

「それはまた、間の悪い時に来てしまったようですね。では改めて出直すことに」

『かまわねぇよ。中に通せ』

マルーシャさんが衛兵に言いかけた時、ザド兄さんの声がドア越しに聞こえてきた。

いや、厳密に言うとドアにはめ込まれた魔石を通して声が伝わってきたのだ。この石を通してこっちの会話も聞こえているみたいだな。

「いや、しかし……」

戸惑うマルーシャさんだけど、衛兵の兄ちゃんに促されて、俺達は部屋の中に入ることに。

ん？　何か部屋が薄暗いな。電気ぐらい点ければいいのに。

そう思ったのも束の間、今度は荒い息づかいが聞こえてきた。

「もう少し待ってろ。すぐに終わらせるからよ」

「あ……ああん……ザド様ぁ……っっ！」

俺は思わず目が釘付けになってしまう。

キングサイズのベッドの上、俺と同じ年頃であろう褐色の肌の美青年がうつぶせに組み敷かれている。しかも思い切りお尻を突き上げて、腰を振って。

ザド兄さんはそんな青年の細い腰を掴むと、その身体を容赦なく打ち付ける。

パンッ、パンッ、パンッッ。

身体を叩きつける音が部屋中に響き渡る。

動きに合わせて腰を振る青年に、ザド兄さんはにやっと笑ってから、軽く舌舐めずりする。

「ジュカ、んなに締めるな。離れなくなっちまったらどうすんだ」

「やんっっ……ザドさま、ごめんなさい」

「んっとに、いやらしく咥え込みやがって」

パンッ!! と一際強く腰を叩きつける。

おいおいおいおいおい、俺達は何を見せられているんだ!? お取り込み中ってこういうことだったのかよ!?

まさか他人の濡れ場を見せられる事になるとは、異世界に生まれて二十年、前世入れても十二十八年、計四十八年にして初めての出来事だった。

青年は嫌がっているどころか、気持ちよさそうな顔をして、「あん…あんっ」って甘い声を上げて。

み、見てしまった……人がセックスしてるとこ。しかも男同士のセックスだ。男同士ってアレにアレが入るのか!?　一見、女の子に見える程華奢（きゃしゃ）な青年なのに、よくあんなデカいもん受け入れているな。

そこの青年、尻は大丈夫なのか!?　少しなら癒やしの魔術かけられるけど………多分、大きなお世話だよな。どう見ても気持ちよさそうにしているし。

ザド兄さんに抱かれて感じている青年の横顔はとても美しく、俺は思わず唾を飲み込んでしまう。

「出すぜ、ジュカ」

「ザド様ぁ……僕の中にたくさん出してっっ」

うぉぉぉいっ、人が見ている前で何を言ってんだ!?　何？　見られることで燃えちゃうタイプ!?　いやいや、否応（いやおう）なしに見せられている俺達の身にもなってくれよ！

ギャラリー達が見ている中、二人は最高に気持ちの良さそうな顔をして絶頂を迎えた。

事を済ませたザド兄さんは、一度ベッドの上に寝転がりふうっと息をついた。そして寄り添う青年の肩を抱き、額に軽くキスをする。甘々の光景にこっちは胸焼けしそうだぜ。

やがてゆっくり上体を起こし、胡座（あぐら）をかいて座ると、長い前髪をかき上げ、妙に色っぽい視線をこっちに投げて問いかけてきた。

「何だったら、今度は四人でするか？」

ザド兄さんの問いかけに、俺とマルーシャさんは顔を見合わせる。四人って、俺達も頭数に入っているんだよな？　４Ｐってことですか……いやいやいや、冗談じゃない!!

真っ向から断ると角が立つので、俺とマルーシャさんは同時に「「（ご）遠慮します」」と丁重にお断りする。

ザド兄さんはそんな俺達の様子を見て、可笑しそうに笑ってから、肩にシルクのブランケットを羽織り、歩み寄ってきた。

裸なんですけどね。ほぼ、裸なんですけど。その身体はブロンズ像として残しておきたいくらい、バランス良く美しく鍛え抜かれた身体だ。

「で、何の用？」

「あ、あの。今回、ザド兄さんがネルメア賞を受賞したということで、お祝いに服を作ってきたのですが」

「へぇ。お前が俺に服を？　何、そんな贈り物くれるなんて、俺に気があるの？」

にやにや笑いながら俺の顔を覗き込んでくるザド兄さん。

俺が答える代わりに、マルーシャさんがその問いに答えてくれた。

「デュラン様は受賞された兄弟皆様に対して、正装に相応しい服を贈っているのですよ」

お前だけじゃないぞ、と俺に代わってさりげなく強調してくれるマルーシャさん。ああ、頼りになります。

「何だよ、俺だけじゃねぇのか。あーあ、エルウィンが馬鹿みてぇに浮かれてる姿が目に浮かぶな」

「その点については否定しません」

いや、ちょっとは弁護しようよ。マルーシャさん。まぁ俺も否定できないけど。

ザド兄さんは俺が持ってきた箱を受け取ると、それを青年に渡す。さっき組み敷かれていたその青年は、いつの間にか何事もなかったかのようにチュニックに着替えていた。

背中まで伸びたストレートヘアは、つやつやした黒だ。唇は桜色。目の色はゴールド。見た目だけなら、エキゾチックな美少女みたいだ。

「お前、ジュカに色目使うなよ」

ザド兄さんに軽く睨(にら)まれ、俺はむっとする。

「色目なんか使ってないよ。綺麗な人を愛(め)でて何が悪いのさ」

「じろじろ見てたら、その内、恋に変わるかもしれないだろうが」

「だったら、俺はそこら中の女の子に恋しなきゃいけなくなるだろ」

「お前、さっきから言葉遣い悪いな。年長者には敬語って習わなかったのか」

「そんな喋(しゃべ)り方する人には、同じような喋り方で返した方がいいだろ」

「ああ言えばこう言いやがって。お前、やっぱり、あのエルウィンの弟だな。小エルウィンだな。小エルウィン」

誰が小エルウィンだよ!? 二十八年生きてきた前世の記憶がある俺からすりゃ、お前の方がガキなんだぞ!? まぁ、そんなこと言えるわけがないんだけど。

「あ、あの、兄弟げんかはやめてください……ね？」

と恐る恐る言うジュカちゃん。

よく見たら立派な青年だから失礼かな。でもどこから見ても可愛いから、俺は敢(あ)えてジュカちゃんと呼びたい。

そんな俺の心を読んだかのように、ザド兄さんは忠告してきた。

「言っておくけどな、こいつは何人もの敵を殺している有能なアサシンだからな」

「え!? そんなに可愛いのに!?」

俺は甲斐甲斐(かいがい)しくザド兄さんに服を着せているジュカちゃんの顔をまじまじと見る。

視線を感じたのか、彼はとても恥ずかしそうに顔を赤くして俯(うつむ)いている。いやいやいや、こんな可愛い子が暗殺者って、そんな漫画みたいな話……でもこんな子が近づいてきたら、俺は思いっきり油断するな。そんでもってあっさり殺(や)られる自信がある。そう考えると暗殺者に適した人材なのかもしんない。

「どうよ、さっそく着てみたぜ」

ザド兄さんは黒の詰め襟、ファスナーでゴールドのラインが入っている。黒いマントの裏地は緋色。激しい気性であるこの人は緋色がよく似合う。

ジュカちゃんは両手を組み、目を潤ませてその姿に見惚(みほ)れている。本当に好きなんだな、ザド兄さんのこと。

「だけどもう式典当日だし、今日着る服は予(あらかじ)め決めていたんじゃないのか?」

俺が尋ねるとザド兄さんは肩を竦(すく)める。

「決めてたといえば決めてたけど、この前ミジェールの式典で着た服をそのまま着ようと思ってたしな。ハッキリ言って服なんかどうでもよかったし」

ははは着る物に無頓着なんだな、ザド兄さん。つうか、この国って全体的に服装に関心がないというか、お洒落に鈍感だよな。どう見てもずんどうに見えるデザインの服を着ていたり、この前のお茶会でも明らかに色あせた上着を着ている人いたりしてたな。

女性はそうでもないんだけど、男性がね。うーん、もっと男性のお洒落着を充実させたいな。

狼を思わせる野性的な美男子であるザド兄さんは、モデル並みに軍服が似合っていた。

うっ……ゲオルグ兄さん、エルウィン兄さん、そしてザド兄さん。この三人と並んだら、俺、相当地味なんじゃね!?

しまったなぁ、この人達着飾らせるんじゃなかったっっ！　でも、いいモデルがいると、どうしても自分が作った服を着せたくなるんだよなぁ。デザイナーの性なのかな？

まぁいいか。俺だけ着飾るようなことをして、目立ちすぎたら他の貴族達の反感を買うだろうし。ここは地味に振舞った方がよいだろうと考えていたその時。

突然バンッとドアを叩きつけるように開ける音が響き渡った。

「入るわよっっ!!」

引き留める衛兵を押しのけ、部屋に入ってきたのはジュレネ先生だ。ジュカちゃんが太股に忍ばせていたナイフを構える。

うわ、ホントにアサシンだったんだ！

ジュレネ先生は大股でこっちに歩み寄ると、ばしっとハリセンちゃんで俺の頭を叩いてきた。

「何、勝手に部屋から出てんのよ、このアホンダラ王子!!　随分探したわよ。途中で会ったエルウィンちゃんから、あなたがザドちゃんに受賞祝いを渡しに行ったって聞いて、ようやくここにたどり着いたんだから」

「いたたた……いや、だって城の中だし、別にうろうろしても大丈夫かと」

「大丈夫じゃないわよ。しれーっと城の中に入って、しれーっと仕事を終える暗殺者なんてその辺にゴロゴロいるのよ!?　この子みたいに」

この子と言って、ジュカちゃんを指さすジュレネ先生。そのジュカちゃんは、俺と先生のやり取りを見てすぐにナイフを引っ込めた。

「もう、大変だったわよ。エルウィンちゃんってば、デュランちゃんをザドちゃんから守ってくれって縋ってくるんだものー」

う……エルウィン兄さん、ジュレネ先生に何てこと頼んでいるんだよ。ザド兄さんも少し呆れ顔でその話を聞いていたけど、気を取り直したように先生に挨拶する、

「久しいじゃねぇか、ジュレネセンセ」

ザド兄さんの言葉に、ジュレネ先生はニコリと笑う。

「久しぶりね。ザドちゃん。あなたに魔術教えたのは十年前だったかしら？　何かと理由付けてすぐサボっていたわよね」

「でも優秀な生徒だっただろ？」

「そこが腹が立つのよねぇ。デュランちゃんは素直で良い教え子なのに。この子の元護衛があんたの所に行っちゃったから、今は護衛も兼ねているのよ」

「モリスならいい仕事しているぜ。前の仕事場よりははるかにやりがいを感じているみたいだぜ？」

ザド兄さんの言葉は、俺の心に突き刺さるもんがあった。確かに俺の護衛ってやり甲斐ねぇよな。それまで引きこもりだったわけだし、記憶が戻ってからも、せいぜいダイエットのトレーニングに付き合って貰っていただけだったし。

「ふーん、ヴァレンシュタイン家の三男があなたのところでね」

ジュレネ先生は少し釈然としない表情だ。

「何だったら先生も俺んとこで働く？　給料、倍は出すぜ」

「嫌よ。誰が、あんた達のような野蛮集団！　あんた達の訓練所、漢（おとこ）くさいし、部屋汚いし、猥談（わいだん）しか聞こえないし、ろくな環境じゃないじゃない!?」

「細かいこと気にするなぁ」

「全っ然細かくないわよ！　それに私、まだあなたのお母さんから、十年前のあなたの授業料受け取ってないわよ？　給料はずむとか、いい加減なこと言わないでちょうだい」

そう言って、「ふんっ」とそっぽを向くジュレネ先生に、参ったなと後ろ頭を掻（か）くザド兄さん。

つうか、ザド兄さんとこの母ちゃん、金にルーズすぎねぇか？　うちの借金も踏み倒しているらしいし。

「とにかく部屋に戻るわよ。もうじき授賞式も始まるんだから」

ジュレネ先生に促され、俺はザド兄さんに軽く頭を下げてから部屋を出るべく、扉に向かって歩き出す。

「おい、デュラン」

ジュレネ先生が扉を開けかけた時、ザド兄さんが俺の名を呼んだ。

振り返った俺は、反射的にびくっと身体を震わせる。

じっとこっちを見ているその目は、まるで獲物を狙う狼のようだ。俺はまたもや子羊になったような、そんな感覚に襲われる。

「俺は本格的にお前のことが気に入ったよ。俺の愛妾になる気はないか？」

愛妾って……本気か？

俺は、やや引きつった声で答える。

「ご冗談を。それにあんたにはジュカちゃんがいるだろう？」

「ちゃんと等しく愛してやるよ」

悪びれもなく二股宣言しやがった。そんなこと言ったらジュカちゃんが可愛そうだろって……何、何で、ジュカちゃんまで俺に熱視線？？

「デュラン様、私と共に同じ方を愛しましょう」

何それ!? ジュカちゃん、それは何か違うぞ!?

「申し訳ないけど、俺はあんたのことは兄としか思っていないので」

震え上がりそうな心を奮い立たせ、なんとか冷静な声で断る。

「ま、そんなすぐに色よい返事がもらえるたぁ思ってねぇよ。だけど、俺はどんな手を使ってでも、お前のことを手に入れるからな」

「俺の何が気に入ったわけ？」

「顔」

「顔がいいのはその辺にも沢山いるだろ。全く納得できないんで、これで失礼しまーす」

ザド兄さんに背中を向け、バイバイと手を振った。

「もちろんそれだけじゃねぇよ。俺に対して、そんな口を叩く奴はお前が初めてなんだよ。こうして服作ってくれた優しい気持ちも嬉しかった……と言ったら、納得するか？」

その言葉に俺はもう一度振り返った。ザド兄さんは何だか嬉しそうな眼でこっちを見ている。さっきの狼のようなギラギラした眼はそこにはなく、今は優しい眼差(まなざ)しだ。それが兄弟愛故の優しさのか、それとも愛妾としての優しさなのか分からない。ただ、そんな眼をされたら邪険にできないじゃん……ったく、しようがねぇな。

「愛妾になるのは無理だけど。でも兄弟として仲良くするのなら別にいいよ」

「そっか。んなら、まずは兄弟から始めるか！」

嬉しそうに声を弾ませるザド兄さん。何か友達から始めるか、みたいなノリで言わないで欲しい。

兄弟以上の関係は有り得ないんで!!

「デュラン様、ザド様はお上手ですから、初めてでも大丈夫ですよ」

うぉぉぉいっ！　ジュカちゃん、可愛い顔して何を言っているんだ!?　だから、俺は愛妾にはならないって!!　お前ら二人で仲良くやってろっての!!

俺は逃げるようにザド兄さんの部屋から出た。


「あなたがザド殿下に目を付けられたって……本当だったのですね」

同情めいた目を向けるマルーシャさん。

「マジで勘弁してほしい」

俺はがっくりと項垂れる……まだ授賞式も始まってねぇのに、何だか疲れた。

ジュレネ先生が顎に指を当てて、思い出すように言った。

「あの子は昔から乱暴な性格で子分みたいな人間はたくさんいたけど、心許せる友達はいなかったのよね。同じ兄弟でも腹の探り合いですもの。あなたと気軽に話せたのも嬉しかったみたいだし、受賞祝いに服を贈ってくれたのも嬉しかったのね。ザドちゃんが着ていた衣装、あなたが作ったものでしょ？　すぐに分かったわよ」

「喜んでくれるのは何よりだけど……愛妾は勘弁してほしい」

「あら、でも恋愛対象は女性だけじゃないわよ」

事もなげに言うジュレネ先生に俺はジト眼で問いかける。

「じゃ、先生。俺と付き合ってくれる？」

「ごめん。百歳以下はタイプじゃないの」

満面の笑みで断ってきたよ。エルフと人間じゃ生きる時間が違うもんな。ええ、ええ。分かっていますとも。先生が俺を子供扱いしてるのは、とっくの昔に分かっていたことですから。

兄に迫られたかと思えば、先生にかるーく失恋し、授賞式の俺のテンションはダダ下がりになるのであった。

授賞式が行われる謁見の間には、受賞予定の人々が座る席が設けられ、既に多くの貴族達は各々の席に着いていた。

俺もまた兄上達と共に、謁見の間に入ると、どこからともなくざわめきが聞こえてきた。

『まぁっ、ご覧になって』

『なんて素敵な……あのお召し物がさらに殿下達を引き立てていますわね』

『ああん、何でゲオルグ様もエルウィン様も独身じゃないの？』

『それにザド様は男の方しか愛せないようですし』

憧憬（どうけい）と落胆の声。兄上達に注目が集まると、一緒に居る俺にも自然と視線が集まる。

『ところであのプラチナブルーの髪の方はどなた？』

『さぁ？　でも素敵な方ね』

『エルウィン様と仲良くお話をされているようですわ』

『メルギドアの親戚の方かしら？』

『そういえば今年は、あの第七王子が受賞したってご存じ？』

『そうみたいですわね……私、リストを見て目を疑いましたわ』

『けれども、それらしき方見当たりませんわね』

『せっかく受賞が決まったのに、まだお部屋に引きこもっていらっしゃるのかしら？』

すいません、そのプラチナブルーの髪の持ち主が第七王子です。お茶会に来ていなかった貴族は、今の俺の姿を知らないもんな。

男性は男性で、兄さん達が着る服にいたく感心を示していた。

『見たか、王子達が着ている服』

『変わった服装だが、なんというか……格好いいな』

『ああ、いいな。私も一着欲しいものだ。どうも前からこの服は野暮ったいと思っていてな』

『私もだよ……前から嫌だったんだよね。このカボチャみたいなズボン』

『そのカボチャズボンは君の母上の趣味だろ？』

兄上達が手放しで賞賛されている声を聞くと、スタイリストとしてはとても誇らしい。

満足した気分で自分の席に座ろうとした時、悲鳴に近い黄色い声が入り口の方から聞こえてきた。

振り返ると……あ、フレイムだ。俺がお茶会の時に渡した服、着てくれているな。

フレイムはネイビーのネクタイにワイシャツ。その上に開襟タイプのシングルブレスト。ホワイトラインが入った襟は大きめで、丈は膝まである。下は乗馬ズボンのような形のボトム。その上に紺のラインが入った白いマントを着ている。ただ、ネクタイが少しずれている。

こっちの世界でも既にネクタイは存在している。前世の文化が混在している世界だからな。主に執事や上級の役人がしているものだから、騎士であるフレイムは慣れないネクタイ結びに相当格闘したみたいだ。

俺は席から立ち上がると、入り口付近で自分の席を探しているフレイムの元に歩み寄った。

「フレイム、タイがずれているぞ」

俺はさりげなくフレイムに声を掛け、ネクタイを結び直してやった。ちなみにこっちの世界ではネクタイのことは英語と同じでタイと呼んでいる。

「あ、ありがとう」

嬉しそうに頬を紅潮させ俺をじっと見つめるフレイム。

な、何か恥ずかしいな。こうしていると、俺はこいつの奥さんみたいじゃないか。

でもネクタイを直したら完璧だ。どっからどう見ても格好いいぜ、フレイム。

「俺が作った服、着てきてくれたんだな」

「ああこの服、戦勝の祝賀会の時にも着たんだけど、騎士の間でも大好評で、各隊長から正式な騎士の正装にしたいって声があがっているんだ。近々、採用されるかもしれないよ」

戦勝の祝賀会ってあれか。ザド兄さんがリリザ軍に大勝した時の祝賀会か。あの手の祝賀会って戦に参戦していなくても、騎士は全員参加らしいからな。

俺がデザインした服が、もしかしたら騎士団の正装に採用されるかもしれないのか。だとしたら嬉しすぎるんですけどっっ!!

「ただ、このタイをもっと簡単に結べるようにしてほしいってさ」

「ああ……なるほど」

確か、自分で結ばなくてもいいネクタイは前世でもあったな。あれを作ってみるか。

それにしても格好いいなぁ。フレイム、礼服似合いすぎだろ？　まぁ、コイツの場合、何着ても似合うよな。スタイル良いし。女子の熱視線が半端ねぇぞ。

フレイムはそんな熱視線には全く気づいている様子はなく、俺のことばかり尋ねてくる。

「君は陛下に何をお願いするか決めたの？」

「俺は留学できるように計らって貰うつもり」

「留学？」

「留学っつうのはこじつけで、色んな外国へ行って、服の素材とか見繕いたいんだよな。あわよくば、諸外国へ旅に出ることも許してもらえたらって思っているんだけど」

「外国へ旅……」

「正直、俺はこの国だけに留まりたくねぇんだよ。色んな国を旅して色んな物を見たいと思っている。その第一歩として、まずは留学したいんだ」

「そう、なんだ。凄いな、もう願い事決まっているんだ」

「何、お前、まだ願い事決まってないのか？」

「ああ、決まってない」

もうすぐ本番なのに、まだ考えてないって。でも確か、何も思いつかない時には「望むものはありません。この国のために尽くすことが自分の望みで……」といった感じのマニュアルもあるんだよな。フレイムはそういった類いのことを言うのかな、と思っていた矢先。

「…………でも、今、決めた」

「へ？」

眼をまん丸にする俺に、フレイムはクスッと笑う。

「うん、たった今決まった」

「何お願いすんの？」

「内緒」

そう言って唇に人差し指をあてるフレイム。それだけで絵になるイケメン様。心底羨ましいです。

うーん、何だ。突然今決めたっていうのが、何かひっかかるけど、本人が嬉しそうだからいいか。

俺とフレイムは席が離れているので、すぐ別れることになった。晩餐会の時、一緒に食事できたらいいんだけど難しいかな。

席順は王族、貴族、そして騎士や兵士、後ろの方は平民と、上座とか下座はこっちの世界でも同じなんだよな。


俺が再び席に座った時。

後ろの方でがたっと物音がした。

振り返ると一人の貴族が、椅子から落ちて床に腰を打ち付けたみたいだった。

そのおっさんは、俺の顔を見て顔面が蒼白になっていた。

「馬鹿な……どうしてここに……」

まるで幽霊を見たかのような顔。全身を震わせ座ったまま後退りする。

その瞬間、俺はピンと来た。

こいつが俺を消そうとした貴族、ロスモア伯爵か。

彼は何度も、何度も目を擦って俺の姿を見ている。何だか滑稽な光景だ。人を殺そうとしたくせに、何食わぬ顔でここに参加するつもりだったのか。

「ごきげんよう。ロスモア卿」

俺は席から立ち上がると、柄にもなく意地の悪い笑みを浮かべ、腰を抜かしているおっさんの元に歩み寄る。

「な、何故、私の名前を……」

引きこもりだった俺はこの人とは面識がない。だから向こうとしては不思議なのだろう。

「さっき道ばたで出会った男達に、あなたの名前を聞きましたから」

笑顔で答える俺に、ロスモアの額からどっと汗が噴き出る。今の俺の発言で自分が企てた暗殺が失敗に終わったことを知ったわけだ。

俺が近寄るにつれ、向こうは「ひぃぃぃ」と恐れおののいて震え上がっている。

何かだんだん腹立ってきたな。こんなヘタレ野郎に殺されかけたのかと思うと。前世も理不尽な理由で殺されているしな。

自分勝手な事情で、簡単に人の命奪おうとしてんじゃねぇよっ！

「おやおや、どうしたのですかな」

そんな俺とロスモアの間にやってきたのは、ネズミみたいな顔をした禿げ親父。確か、コルクト公爵だったか、ニーナ妃の叔父だったような気がする。

俺は肩を竦める。

「それを聞きたいのはこっちなんだけどな。何で、俺の顔を見て、この人が幽霊でも見たかのように驚いているのか？」

「答えは簡単ですよ。あなたがお父上である国王陛下に生き写しだからですよ」

「……じゃあ、幽霊見たようなツラする必要ないんじゃないの？　国王陛下が亡くなったわけでもねぇのによ」

とぼけたツラのコルクト公爵にイラッときた俺は、思わず口が悪くなっちまったよ。ま、こいつらに対して、もはや敬語も丁寧語も使いたくねぇけどな。

「いやいやいや。ただ驚いているだけですよ。彼はいちいち大袈裟なんですよ。それにあなたの変わり様にも驚きましたよ。いやぁ、まさか、あなた代役じゃないですよね？」

「……」

周りに聞こえるようにわざと聞いてやがるな。

こいつ、ブレオと一緒で俺のことを偽者だと思っている？　それともここで偽者だと騒ぎ立て、そういう疑惑を社交界に植え付けるつもりか。どっちにしてもタチの悪い野郎だ。

『くくく……代役だったらあり得るな』

『あの変わりよう、おかしいと思ったよ』

『この偽者がっっ!!』

周囲にいる貴族達が聞こえよがしに言ってくる。

ああ、こいつらはニーナ一派か。何だかんだ言ってもニーナターシャには親族が多く、一大勢力ではあるからな。一人で近づいたのは少し無謀だったか。

本当はこの場で、ロスモアとコルクトをぶん殴りたい気持ちだけど、ここはぐっと堪える。

俺はポケットから小さな石を取り出す。さっきジュレネ先生がくれた尋問石だ。

コルクト公爵という味方が来て、安心しきっているロスモアのおっさんの額に、この赤い石を貼り付けてやる。

「おぐっ……な、何を」

「いや、ちょっと尋ねようと思ってな。何、正直に答えればあんたに害はないから心配いらないよ」

「ま、まさかこいつは……尋問石!?」

慌てて額の石をひっぺがそうとするが、そいつはジュレネ先生にしか取れない代物だ。

「だから大丈夫だって。素直に答えれば、害はないんだから」

多分端から見たら俺は黒い笑顔を浮かべていたと思う。

その時、兄さん達が異変に気づいたのか、近づいてきた。

「おいおい、どうしたんだ？　ロスモア伯爵とコルクト公爵がお前に何かしたのか」

ゲオルグ兄さんが俺の肩に手を置く。

「……ああ、こいつ。デュランの店が開店してから、自分の店の業績が下がったみたいだからね。デュランのこと恨んでいてもおかしくはないよね」

エルウィン兄さんも俺の隣にやってきて、ロスモアを睨み付ける。

「じゃ、場合によってはぶった切るしかねぇな」

いつでも剣を引き抜けるよう、柄に手を掛けるのは血気盛んなザド兄さん。

うーん、ロスモアが俺の暗殺の罪をザド兄さんにかぶせようとしていた事実を知ったら、この場で叩き切るだろうな。まぁ、こんな所で流血沙汰になっても困るので言わないけど。

俺はロスモアに出来るだけ優しく紳士的に問いかけた。

「何故、俺の顔を見てあんなに驚いた？」

「それはあなたがあまりにも容姿が以前と違っていて偽者かと思い……はぎゅあっっ!?」

ロスモアの悲鳴が謁見の間に響き渡る。

「うわ、こいつ嘘つきやがった」とゲラゲラ笑うザド兄さんは、真性なるドSなんだろうな、と思う。

他の貴族達がどよめく。

『ど、どうしたんだっ!? ロスモア卿がおかしな悲鳴をあげたぞ』

『どうも第七王子の怒りを買ったみたいだぞ、見ろよ。罪人を追及する時に使う尋問石を額に付けられている』

『あ、あの第七王子がそんな恐ろしいものを!?』

恐れ戦く貴族達の視線を背中に感じながらも、俺はさらに問う。

「ロスモア卿、もう一度尋ねる。何故、俺の顔を見てあんたは驚いたんだ?」

「いえいえ……その、あの……あなたが陛下にあまりにも似ていたから。のごぉっっ!!」

ロスモアは誤魔化し笑いをしながら、さっきコルクト公爵が言っていたことをそのまま言おうとしたが、容赦なく尋問石から電流が流れ出し、またも大きな叫び声を上げることになる。

「うわ、性懲りもなく嘘ついてるっ」腹を抱えて笑い出すザド兄さんを「こら、そこは笑うところじゃないだろ!?」と真面目なゲオルグ兄さんが叱責する。

エルウィン兄さんはもはや、ゴミを見るような目でロスモアを見下ろしていた。

俺はロスモア伯爵に警告し、そして質問する。

「あと一回嘘をついたら三度目の電流が流れて死ぬことになる。ロスモア卿、もう一度尋ねる。何故、俺の顔を見てあんたは驚いたんだ？」

「……」

ロスモアはもう駄目だと踏んだのだろう。ぎりりと歯ぎしりし、拳を固く握りしめる。そして唇を噛みしめ、血走った目で俺のことを睨みつけた。

「貴様には死んで貰うしかなかった。どんな手を使っても、貴様を……貴様を陛下に会わせるわけにはいかなかったっっ。陛下がその顔を見れば、貴様を寵愛することは目に見えている……そうなれば、我が一族はますます王位から遠のくではないかっっ」

一族の王位が遠のく？　こいつの一族の王子って、ブレオのことだよな。

いやいや、元から王位からはほど遠いんじゃねぇか……というのは、さすがに可愛相だから言わないでおく。だけど、俺が親父に似ているというのは、このおっさんにとってそんなに脅威だったのかな。


「自白がとれましたね。衛兵、この男を地下牢に」

そう言ったのは宰相であるギュンターだ。

いつの間にかこっちの様子を見ていたらしく、屈強な衛兵を二人引き連れていた。

ロスモアは衛兵に引きずられるように連行されていった。さらにロスモアを擁護し、俺を偽者扱いしようとしたコルクト公爵は、そうっとその場から離れようとしていたが。

「コルクト卿、少しお話が」

黒い笑顔を浮かべたギュンターが声を掛ける。

「わ、私に何か」

引きつった表情を浮かべるコルクト公爵に、ギュンターはゆっくり歩み寄り、その肩にぽんと手を置いた。

「先ほど、王子が偽者と仰いましたね。何を根拠にそのようなことを?」

「それはあまりにも容姿が変わってしまっているからです。噂ではメルギドアの遠縁が王子に成り代わってここに来ていると聞いて……ぎゅあああっっ!!」

あたかも本当のことのように、大声でぺらぺら喋っていたコルクト公爵は、叫び声を上げた。

「ああ、すいません。言い忘れていました。たった今、あなたの肩にも尋問石を貼り付けておきました」

その赤い石は洋服の上からでも、ぴったりとくっついていた。コルクト公爵はネズミに似た顔を蒼白にして震えた声でギュンターに問いかける。

「な、何故、私にまで……」

「あ、この尋問石。私が作ったものなのです」

「そ、そんなことは聞いていない」

「何事にも重要な発言には裏付けが必要ですからね。まずはあなたが本当のことを言っているかどうか、確かめないといけないのですよ。王子が偽者だと、大声でさも本当のことのようにお話ししていましたから、これをつけても平気だと思っていますけどね」

盛大なる嫌みを込めているな、ギュンター。授賞式が始まる前に引っかき回そうとしていたコルクト公爵に、苛立っていたのかもな。

「あ、ちなみに私の尋問石はあと一回嘘をついたらあの世行きですから、正直に答えてくださいね。詳しいお話は別室で聞きますから」

「……」

諦めたようにがっくりと項垂れるコルクト公爵を衛兵達が連れて行く。

それまで聞こえよがしに俺を批判していた貴族達はそそくさとその場を離れていった。

「あの貴族達も色々調べる必要があるようだね」

ぼそっと呟くのはエルウィン兄さん。逃がさないぞ？　って面してんな。

ギュンターは、側に居る書記官であろうおじさんに淡々とした口調で言った。

「ロスモア卿は王子暗殺未遂の罪により逮捕されましたので、ネルメア賞の剥奪を命じます。名簿からその名前を消しておいてください。あとコルクト公爵の名前も消しておいてください。王子を偽者扱いした不敬はとうてい許されるものではありませんからね」

第八章 ★ 授賞式

ロスモア伯爵達の逮捕劇はあったものの、少し遅れて授賞式が始まった。

王室御用達(ごようたし)の楽団による荘厳な演奏が謁見の間に響き渡る中、受賞者の名前が呼ばれ、呼ばれた人物は陛下の御前に進み出て、願い事を申し出るのが習わし。

玉座には国王陛下と、正妃様であろう女性が座っている。

国王とは幼い頃に数えるほどしか会ったことがないので、顔は覚えていなかった。

だけど今、こうして国王陛下の顔を見ていると、確かに俺の顔に似ているな。俺が年取ったらあんな感じになるのか？　あっちの方が下がり眉だけどな。困ってないのに困った顔つきの人っているけど、俺の親父の顔はそんな感じだ。

年齢は四十歳ぐらい……いや、ゲオルグ兄さんの年を考えると、四十以上にはなっているのだろう。正妃様も同じぐらいの年代に見える。

国王陛下の髪の毛と目の色はプラチナブルー。俺の髪の毛の色はあの人と同じ色だ。何だか否応(いやおう)なく血のつながりを感じるな。

一方、正妃様はふくよかな体型で優しそうな顔をしている。前世の俺の母親があんな感じだったな。

楽団の演奏をバックに、まずはゲオルグ兄さんの名前が呼ばれた。ゲオルグ兄さんは颯爽と国王陛下の前に進み出て跪く。

「私の願いは、この国を守ること。そしてその為にはより強き片腕が必要です。故に、英雄となったフレイム＝ヴァレンシュタインを我が側近として望みます」

「ふむ、しかし〝英雄〟となると、欲している人間はそなただけではあるまい？　その願い、しばし預かることにしよう」

陛下が鷹揚に答えると、ゲオルグ兄さんは深々と頭を下げた。

なるほどな。こういう公の場で、自分が欲しい人材を訴えるというのも一つの手なんだな。

戦で伝説的な活躍をした人物は〝英雄〟と称えられるようになるが、フレイムはこの前の戦で〝百人斬りの英雄〟と呼ばれるようになった。

ちなみにフレイムが現れる前に〝英雄〟だったのは今は宰相であるギュンターらしい。政治の中枢にいる人だから文系の人かと思っていたけど、とんでもない。魔術も上級魔術師だし、剣術、武術も相当なものだという。リリザでは『極悪鬼』と呼ばれ、今でも恐れられているらしい……一体どんな活躍をしたら、相手に『極悪鬼』と呼ばれるようになるんだか。

しかし、陛下がその願いを保留にしたってことは、フレイムを欲しがっている人間が他にもいると踏んでいるのだろう。

案の定、今度はエルウィン兄さんが願い出た。

「私の願いはこの国の繁栄。その為には知力と武力の二つを有した人材が必要です。私の望みは我が国の英雄、フレイム＝ヴァレンシュタインを我が側近として迎えること」

凄いなぁ、フレイムの奴、戦闘力だけじゃなく、頭脳も明晰なんだな。そういや飛び級していたもんな。ハイスペックな人材を求めるエルウィン兄さんのお眼鏡にかなうとはね。

兄の仕官は断っていたのにな。兄弟格差がここにもはっきり出ているな……まぁ、俺もそうだけどさ。王位に最も近い地位の兄と、元ひきこもりだった弟だもんなぁ。

俺自身はさして気にしたことなかったけどな。それよりも早く弟離れしてほしいという気持ちの方がはるかに上回っているから。

そしてザド兄さんもフレイムを自分の手元に置きたいらしく陛下に願いを伝える。

「俺の望みはさらに国を強くすること。今脅威となっているリリザの精鋭に立ち向かうには、千騎の兵にも等しい猛者、フレイム＝ヴァレンシュタインの力が必要だ。我が軍にフレイムを下さい」

俺の兄三人は、全員フレイムを自分の手元に置きたいというのが願いらしい。モテモテだな、フレイム。

だけどいくら百人斬りをやってのけた英雄とはいえ、何故そこまでして彼を欲しがるのだろうか。

戦場に出るゲオルグ兄さんやザド兄さんはまだ分かるぞ？　一人で百人力は心強いに違いない。ザド兄さんは千騎と表現していたけどな。大袈裟に表現しすぎなような気もするけど、それぐらいの価値をフレイムに見いだしているというアピールかもしれない。

だけどエルウィン兄さんは？　あの人は戦には出ない。むしろ政治に関わることが多い。正直、俺はフレイムが政治に関わるというイメージが湧かない。

何となくだけど〝英雄〟である理由以上の何かがフレイムにはあるんじゃないか、と思う。

まぁ、俺の憶測だけどな。理由はどうあれ、とにかくザド兄さんの元には行かないでくれ。危険すぎる戦が日常茶飯事らしいし、それ以上にあんなイケメンだから、ザド兄さんの愛妾……とかもあるかもしれねぇ。

フレイムがザド兄さんの愛妾に？

うわぁぁぁぁっっ!!　駄目だ、駄目だっ！　それは絶対駄目だ。もし、ザド兄さんとこに行くんだったら、俺は全力で阻止する!!　絶対に阻止してやるっっ!!

……って何を俺は一人で勝手に意気込んでいるんだ？　フレイムが誰の元に仕えようと、俺が止める権利なんかないのにな。

だけど、嫌だな。ザド兄さんの所には行って欲しくない。ああ、考えただけでムカムカする。

そんなことを悶々と考えている内にギュンターが俺の名前を呼んだ。

「デュラン＝アストレア殿下。陛下の前に」

我に返り、俺は慌てて立ち上がる。やや緊張した足取りで所定の位置へ向かう。

謁見の間がたちまちざわつく。

『あ、あれが第七王子だとっ⁉』

『なんと、減量されたのか』

『代役を立てたのではないか、有り得ない』

『いや、しかし……あのエメラルドの瞳はメルギドア家の証。何よりも、あまりにも若き日の陛下に似ている』

厳粛な式典が一転して騒がしくなる。

俺に豚のイメージしか持っていなかった人々、噂は聞いていたけれども信じられなかった人々。理由は様々だろうが、とにかくその場にいる貴族達は驚きが隠せない様子だ。

ギュンターの大きな咳払いで、ようやくその場に静けさが戻った。

俺は国王陛下の前に跪く。

「おお……デュラン……まことにデュランなのかっっ」

思わず玉座から立ち上がる陛下。正妃様も驚いたように俺の顔をまじまじと見ている。

陛下はいたく感激しているみたいだが、俺の心は冷め切っている。

今更「息子よ」って面、しないでくれる？　太っていた時は見向きもしなかったじゃねぇか。

そっぽ向いてやりたいところだが、不敬にあたるし、これからお願い事もしなきゃだからな。

ただ恭しくご挨拶するのみ。

「お久しゅうございます、国王陛下」

「国王陛下など他人行儀な……父上と呼ぶことを今ここで許す」

許されたくねーよ、馬鹿。と言いたいところだがここは笑顔で御礼申し上げる。ええ、大人の対応をしますとも。

「ありがとうございます、父上」

「それで、そなたの望みは何か？　出来るだけのことはするぞっ」

あからさまに他の兄弟と対応が違う。国王から俺に尋ねてくるなんてあり得ねぇだろ。

確かに俺は経済的には国に貢献したのかもしれない。だけど兄上達の方がはるかに貢献している。命をかけて国に尽くしているのに。

あんたに似ているというだけで、俺はこんなに贔屓されるのか。

気分が悪くて反吐が出そうになる。俺の父親は一国の主の器じゃない。実質国を動かしているのはギュンターだし、ここにいる王はただの張りぼてなのだろう。

そして分かった。ロスモア達はこうなることを恐れていたんだな。

ニーナ一派に目を付けられたかもしれないという話を母上から聞いた時、俺は疑問に思った。親子なんだし似ているのは当たり前だ。何故俺が似ているということをそこまで恐れる必要がある？　似ているだけで、贔屓するかどうかなんて、実際会わないと分からないのでは？　母上にそう尋ねたところ、彼女はこんな話をしてくれた。

病弱で社交界にも出ることが出来ずにいる第四王子のシモン兄さんは、国王と同じ髪の色と瞳の色をしているという。陛下は自分の血を受け継いだ証を持つ第四王子をとても可愛がり、彼のために空気の良い山上に小城を建てたという。髪と目の色が同じというだけで、格別に可愛がり、城まで建ててしまうのが今の国王陛下なのだ。

そこに髪の毛の色が同じで、しかも顔までそっくりな息子が現れたらどうなるかは想像に難くない。

だからロスモア達は俺がここに来ることを阻止したかったんだ。

ならば、俺はここで宣言しなければならない。王位など全く望んでいないということを。

「私は兄上達とは違い、自分がこの国の為に何が出来るか分かりません。まずはそれを知るためにも、己の見識を広めたいと思っています。父上、どうか同盟国への留学の許可、そして諸外国へ旅に出ることをお許しください」

ただでさえ静かな謁見の間が、さらに静まりかえったような気がした。

国王陛下が震えた声で問う。

「待て……留学はともかく旅に出るとな!?　……そのような事をしていたら王位からは遠ざかることになるが、それでもよいのか」

「私よりもはるかに相応しい兄上達がいますので、元より王位とは無縁なものだと思っています」

「む……むう。しかし、出来れば私の手元に……重要な地位を与えると言ってもか？」

コラコラコラ、ほぼ初対面の息子に対して、あっさり重要なポストを与えようとすんな。馬鹿なのか？　この王様、本格的に馬鹿なのか!?

思わずギュンターの方を見る。この陛下何とかならねぇのか？　と。

ギュンターは涼しい顔をしてこっちを見ているだけ。自分で何とかしろってか。

ったく、しようがねぇな。こうなったら、あんまり使いたくないけど泣き落とするしかねぇか。

「父上は……私の願いを聞き入れては下さらないのですか？」

「!?」

少し瞳を潤ませて国王陛下の目を見詰めると、向こうはものすごくショックな表情で、首をぶんぶんと横に振る。

「そ、そんなことはないぞっっ。先ほども言うたではないか。出来るだけ、そなたの望みをかなえると」

「では、お許しくださるのですね!?　ありがとうございます、父上」

「む…む……むう。うん……」

返事は煮え切らないが、とりあえず許可は貰えたってことで良いよな？

書記官がちゃんと記録しているのを確認し、俺は密かにほくそ笑む。もうこれで取り消しはできないぞっと。

席に戻る際、ギュンターの前を通った俺は、彼に小声で言われた。

「あなたも、ずいぶんと役者ですね」

はい、聞こえないふりー。約束取り付けた方が勝ちですー。ふう、陛下が馬鹿で助かったぜ。

しかし席に戻ると、陛下よりも面倒くさい兄上達が待っていた。

「デュラン、外国へ旅に出るってお前は正気なのか!?　国外に出ることがどんなに危険なことか分かって言っているのか？」

ゲオルグ兄さんが出来るだけ小声でだけど俺を問い詰めてくる。

「そうだよ、あまりにも危険すぎる。可愛い君を見た瞬間、品行方正で有名なファイシンの皇太子も、淑女で有名なウィンディの美姫（びき）も野蛮な狼（おおかみ）に変貌する。留学も反対だ!!」

やっぱり小声だけど強い口調で言ってくるエルウィン兄さん。

「いや、留学くらい許してやれよ。ツラ見たくらいじゃ狼にならねえって」

ザド兄さんはどっちかというと肯定派なのかな？　エルウィン兄さんはザド兄さんをジロリと睨（にら）みつけ、思わず声を荒らげる。

「黙れ、真っ先に狼になったくせに!!」

ギュンターがそんな様子を咎（とが）めるように咳払いした為、兄弟達は一回黙った。

今度は貴族の番だ。同じ受賞者でも、陛下に直接お願いできるのは選ばれた人間だけ。有り難いことに王族は最優先されるんだよな。

最初に国王陛下の前に出てきたのは、ガイム＝ツェイザー将軍だ。

国王直属とされる最強部隊を率いている人物で、国内全軍の指揮を任されている。戦で活躍しているゲオルグ兄さんもザド兄さんも王子ではあるけれど、戦の場ではこの人の指揮下にあるんだよな。

何度もネルメア賞に選ばれながらも、本人は毎年辞退していた。だけど今年は何故かこの場に出てきた。

ツェイザー将軍は恭しく国王陛下に頭を垂れる。

「我が望みはこの国の平和です。その為には英雄をこの手に収めることが不可欠。私が率いる部隊に是非フレイム＝ヴァレンシュタインを頂きたい」

何と、将軍までフレイムを欲しがっているのか。

驚いていた矢先、隣に座るザド兄さんが苦笑を浮かべる。

「なるほど……そういう落としどころを用意しやがったか。ギュンターの奴」

その呟きに、俺ははっとして将軍とギュンターを交互に見る。これまで受賞を辞退していた将軍が今になって出てきた理由がここでようやく分かった。

フレイムを取り合う事態になることを予想したギュンターが、王子同士で争いにならないよう、将軍をここに呼んだわけか。今まで賞を受け取らなかった将軍も、争いの火種になりかねない問題を消すために一役買ったわけだな。

「まぁ、俺達の誰かが英雄をとることで勢力が偏ることを懸念したのだろう」

納得したように頷くのはゲオルグ兄さん。

「将軍相手じゃ、僕達も文句は言えないね」

諦めたように溜め息交じりに言うエルヴィン兄さん。

なるほどねぇ。誰も異論なしって感じだ。

「そういや、お前。さっきフレイムと何か話していただろう？　願い事について何か聞いてないのか？」

ザド兄さんに問われ、俺は正直に答えた。

「聞いてみたよ。最初はまだ何も考えてないって言ってたから、きっとお約束の当たり障りのない願い事を言うんだろうなって思っていたんだ。だけどさっきフレイムと話した時、何故か突然思いついたみたいに、願い事が決まったって言い出したんだよな」

「は？　何だそりゃ。それでどういう願い事か言ったのか」

「内緒、って言われた」

俺の言葉に鼻の頭に皺（しわ）を寄せザド兄さんは言った。

「何だよ、使えねぇ奴だな」

「別にザド兄さんに使われたくないんで」

俺が涼しい顔でそう答えると、ザド兄さんはカチンときたらしく、苛立（いらだ）たしげな口調でエルウィン兄さんに問う。

「おい、エルウィン。お前の弟はいつからこんな生意気野郎になりやがった⁉」

「僕に似て可愛いだろう」

にこにこ笑いながら隣に座る俺を抱きしめるエルウィン兄さん。こんなところでやめろって!!

ザド兄さんは頬を引きつらせながら、脱力気味に言った。

「……兄馬鹿に聞いたのが間違いだったぜ」

すいません、極度のブラコンなもので。つうか、いつまで抱きついてんだよ？

俺は式典中だし離れるように言いながらさりげなく抱擁を解いた。

そんなやりとりをしている中、モリスの名前が呼ばれた。

「モリス＝ヴァレンシュタイン。前へ」

今、この場に立っている姿を見ていたら、俺の元を去って正解だったのかなって思える。

モリスは陛下の前に出て膝を突き、深く頭を下げて言った。

「私の願いはこの国に尽くすこと。より多くの若者を育成し、さらに私自身も戦場にこの身を捧げる所存であります。そのためには、現在第一線で活躍されているゲオルグ様の元に仕えたいと願います」

え⁉　ゲオルグ兄さんの下で仕えたい⁉？　じゃ、じゃあ、ザド兄さんのところはどうなるんだ？？

俺は恐る恐るザド兄さんの方を見る……うわ、かなり怒ってるよ。端整な横顔に苛立ちが浮かんでいる。

「あの野郎……契約期間が終わったとたんこれかよ？」

どうやらザド兄さんとは、契約があったみたいだな。前世でも一定の期間が過ぎたら契約を更新するか否(いな)かというのはあるけれど、モリスは否だったわけか。

仕事場に不満でもあったのか？　不満はなくとも、よりよい職場を求めただけなのか？

陛下は「その願い聞き入れた」とか言っているけれど、一応保留にしたほうが良かったんじゃないのか。その願い。

ザド兄さんすんごい苛立っているし、ゲオルグ兄さんも複雑な表情だ。ギュンターはやれやれと肩を竦めている。

せっかくフレイムの件で兄弟の対立を避けようとしたところに、今度はモリスの登場でゲオルグ兄さんとザド兄さんとの間に波風が立っているじゃないか。

モリスがその場を去って暫くしてから、今度はフレイムの名前が呼ばれた
「フレイム＝ヴァレンシュタイン。前に出なさい」

俺の作った正装に身を包んだフレイムの歩く姿に、まず正妃さまが惚けたように見つめ、感嘆の溜め息をついた。国王陛下も感心したように上から下まで見ているな。

そりゃそうだろ。フレイムはいい男だからな。

フレイムは陛下の前に跪いた。

「この国のために自分に出来ること……先ほどのデュラン殿下と同じく、私もそれが未だに分からぬまま今に至ります」

「そなたはまだ若い。無理もあるまい」

陛下がふむふむと頷いている。

「陛下、お願いがあります。私もこの国のため、自分に何が出来るのか見出すために、留学を

希望します。どうかデュラン殿下と共に留学することをお許しください」

フレイムの願いに、謁見の間がざわついた。ギュンターや将軍も驚きを隠せずにいる。

陛下もまた驚きながらも、その願い預かったと答える。英雄に関することは慎重にならざるを得ないことは、さすがのこの人でも分かるのだろう。

『英雄が第七王子を選んだということか？』

『あのツェイザー将軍よりも第七王子を？』

『確かに今回、国に貢献したとはいえ、王位からはほど遠い人物だぞ!?』

今までにない騒ぎになっている。皆が信じられないのも無理はない。俺が一番、信じられないのだから。

「あ、あいつ何馬鹿なこと言っているんだ……もっと相応しいポジションを用意してもらってんのに」

「お前があいつを誘ったんじゃねぇのか？」

俺の呟きに対し、ザド兄さんがムカつくことを聞いてくる。

「んなわけないだろ!?　俺はあいつの友達だ。友達の将来を邪魔するような真似(まね)なんか絶対にしねぇよ！」

「ふーん、どうなんだかね。見たところ、お前らずいぶんといい雰囲気だったよな？」

「……!?」

確かに俺はフレイムに友達以上の感情を持っている。だけど、この気持ちはこの場で認めるわけにはいかない。

「いい雰囲気って、ザド兄さんにそっちの気があるからそう見えるだけだろ」

「そっちの気があるから分かるんだよ。特にフレイムはお前にべた惚れだぜ？」

「ふざけるなっっ!!　そんなわけないだろ」

否定するものの、心の中では否定しきれない自分もいる。あの夏の日の出来事……あの湖でのキスはあきらかにフレイムからしてきたものだ。

「お前がちょっと色目使えば、あいつはイチコロだろうよ」

ザド兄さんはせせら笑う。

何だよ、さっきまでいいところあるなって思いかけていたけど、結局俺のこと少しも信用してないんだな。

俺が色目使って、フレイムを誑し込んだって思っているんだ。そんな風に思われているなんて悔しくて泣きたくなる。

くそ……そんなんじゃねぇのに。何だよ、ちくしょう。

ザド兄さんがネルメア賞を受賞したお祝いもしたかったから、服だって徹夜で縫ったのに。あんたからすれば、そんなこと大したことじゃないんだろうな……気まぐれで服をくれたぐらいにしか思っていないのだろう。

「フレイムが手に入らなかったからといって、弟に当たるんじゃない。デュランの気持ちをお前は何だと思っているんだ!?」

ゲオルグ兄さんがザド兄さんを叱責する。

「は……っ、元よりお前ら兄弟のことなんざ俺は信用してねぇ。フレイムの兄であるモリスは、今度あんたの部隊に行きたいみたいだしな。俺の精鋭を半年間鍛え上げる契約だったし、問題はねぇけどよ。お前、密かにモリスを引き抜いたんじゃねぇだろうな」

「そんなわけはないだろう？　そもそもモリスはデュランの護衛だったんじゃないのか？」

「そいつを俺が引き抜いたからな」

「自分のこと思い切り棚にあげて何を抜かしているんだ、この馬鹿が！　確かにモリスからうちの部隊に入りたい要望があったがこっちは断っている。デュランの護衛だと思っていたからな」

「だから今回、この場で頼んだんだろうよ。陛下の口添えがあれば、お前も断れないだろうからな」

「……」

苦々しい表情を浮かべるゲオルグ兄さん。

「見苦しいケンカはよせ。ま……僕としては賛成だけどね。デュランがどうしても留学を望むのであれば、より強い護衛が必要となる。護衛兼学友として、フレイムが付いて行ってくれるのであれば、これほど心強いことはない」

「その点については俺も異論はない」

ゲオルグ兄さんも大きく頷く。

「んだよ、俺が大人げないみたいじゃねぇかよ！」

「実際に大人げないだろ。僕の可愛いデュランが、兄弟を出し抜いてフレイムを自分のものにしようとする、そんな狡い人間のわけがないじゃないか」

誰のデュランだ？　誰の。信用してくれる気持ちは嬉しいけれど、そのブラコン発言は本当にやめてくれ。

「全くだ。お前じゃあるまいし」

同意するゲオルグ兄さん。この人も俺のことは信用してくれているみたいだ。

「………ったく、分かった。分かったよ。んなにいきり立つなよ。俺も半分冗談で言ったんだよ。それなのにデュランが本気になって怒るから」

お、俺のせい!?　何なんだよそれはっ。

するとゲオルグ兄さんが鋭い声で咎める。

「モリスの件は冗談じゃなさそうだったが？」

「だってよぉ、腹立つじゃねぇか。あんたの方がいいって言われた俺の身にもなれよ」

だんだんザド兄さんも冷静さを取り戻したのか、トーンダウンした口調。ゲオルグ兄さんとエルウィン兄さんに本気で睨まれて目を覚ましたのかもしれないな。

正直、残念だったけどな。ザド兄さん……兄弟から始めようって言っていたのに、そもそも信用されてもいなかったなんてな。

「………もう、いいです。俺はこの国を出ますから。しばらくはこの国に戻りません。俺がフレイムを誘ったって解釈してくれても結構です」

俺は席を立った。もう出番は終わったし、俺一人が退席したところで問題ないだろう。

「デュランっ、僕は君のことをそんな風には」

「エルウィン兄さん分かっていますよ。ゲオルグ兄さんも庇(かば)って下さってありがとうございます。でも、たとえ将軍の下に落ち着いたとしても、万が一将軍に何かがあって、部隊が解体すれば、フレイムを巡って再び争いになるのは目に見えています」

俺の言葉に兄弟は黙り込む。

「国内にいる限り、フレイムは争いの渦中の人間になる。それでは、フレイムがあまりにも可哀相(かわいそう)です。だから、俺があいつを遠くへ連れ出すことにします」

俺はそう言って兄弟達に背を向けた。


フレイムが実際、誰の下に仕えることになるかは、後でギュンターが決めることになるのだろう。

多分、最初はツェイザー将軍の下に就(つ)かせるつもりだったんだろうが、予想外のフレイムの願いとイレギュラーな俺が出てきたからな。

俺が頼み込めば、あの国王陛下(ばかおやじ)はコロッと言うこと聞きそうだし。ギュンターに俺の考えを伝えておくのも手だろう。俺はフレイムを連れ出すために、あらゆる手段を使うことにしよう。

「一体何を考えているんだ、お前は!?」

晩餐会会場のテラスにて、モリス＝ヴァレンシュタインは弟であるフレイム＝ヴァレンシュタインを問い詰めていた。

「よりにもよって、あの第七王子について行くだと!?　お前にはちゃんとしたポストが用意されていたではないか」

「将軍直属の部隊のこと?　騎士にとっては憧れだよね」

他人事のように言う弟に苛つくモリス。

将軍直属の部隊〝漆黒の牙〟。

アストレア王国には第一陸軍から第四陸軍、そして海軍があるが、〝漆黒の牙〟はそれらとは一線を画す、いわゆる特殊部隊。将軍が認めた精鋭のみが入隊できる部隊だ。

最強の証として彼らが持つ剣は漆黒。また身にまとう鎧も漆黒だ。国内の騎士や兵士ならば誰もが憧れる、選ばれし者達だ。

本当ならば自分も国王陛下にお願いし、そこに入りたかったぐらいだ。

しかし、あそこにはヴァレンシュタイン家の長男、ヘンリー＝ヴァレンシュタインが副官として所属している。義を重んじるヘンリーは、モリスがメルギドア家の奉公を勝手に辞めていったことに対し、最も怒りを露にしていた。モリスが一度実家に戻った時、ヘンリーは彼を怒鳴りつけた。

「いくらレティーナ妃殿下のお許しがあったとはいえ唐突に辞めるとは……大恩ある人物に対して非礼にも程がある!!」

あの時はどれだけ長く説教されたか……そんな兄がいる軍に入ろうものなら、冷遇されるのは目に見えているし、何かにつけて優秀すぎる兄と比較されてしまう。

だから王位に最も近い立場にあるゲオルグの軍隊に入ることを選んだ。ツェイザー将軍も所詮、現国王に仕える身だ。年齢からしても現役でいられる時間はさほど長くはない。長い目で見れば将来有望なゲオルグにつくのが一番だろうと考えた。

だがフレイムは三人の王子や将軍から誘いがあったにも拘わらず、あの第七王子を選んだのだ。

「あの漆黒の牙の一員になれるのだぞ!?　何故あんな王子と共に行こうとするんだ!?」

「王子をあんな呼ばわりしたら不敬にあたるけど?　兄さん」

「誰にも聞かれていなければ問題ない。あいつはつい最近まで引きこもりで、魔術も剣術も並み以下、ましてや学問すらようやく並みと言えるか言えないかのレベルの人間だったんだぞ。王位にはほど遠く、よくても小領の領主が関の山だろう?」

力説するモリスに、フレイムは冷ややかな視線を送る。

「俺は兄さんと違って出世には全く興味ないので。それにデュラン殿下は、あんたが知っていた頃とは違う。今や魔術は中級以上、学問も、遅れはとっていたようだけど取り戻しているし。剣術は確かにまだまだだけど伸び代はあるよ」

「確かに少しは変わったことは認めるが……」

「それよりも兄さんの方が恥ずかしいんだけど？　つい最近までザド殿下に仕えていたはずだろ？　それなのにゲオルグ殿下に仕えたいって陛下にお願いするなんて」

「何が悪い。ザド殿下とは既に契約が切れている。契約が終わればより良い条件の職場を探すのは当たり前ではないか」

「それはそうだけど。騎士がそんなに簡単に仕える人間を替えていたら、信用がなくなっていくと思うけどな」

「信用はこれから作り上げていけばよい。俺はこれから数々の武勲をたて、ゲオルグ様にとってなくてはならない人間になるつもりだ」

「ネルメア賞をとったことで、だいぶ自信を持つようになったみたいだね。いいんじゃない？兄さんは高みを目指せば。俺は自分の歩きたい道を歩むから」

最後の方はかなり冷淡に言って、フレイムはモリスの脇を通り抜けた。

「今に後悔することになるぞ、無能王子に仕えたことに」

すれ違う際、苦々しく告げるモリスに、フレイムは立ち止まり問いかける。

「無能？　デュラン殿下が？」

「ああ、どうしようもない無能だ」

「兄さんの目は節穴みたいだね」

せせら笑うフレイムにモリスは目を剝く。

「どういうことだ？　あれがまさか有能だとでも」

「とても有能だと思うよ。特に人心掌握術には長けているね」

「人心掌握術だと？」

「ゲオルグ殿下、エルウィン殿下、ザド殿下は決して仲のいい兄弟とは言えなかった。母親が違うし、一緒に住んでいたわけじゃないから仕方がないけどね。でも、デュラン殿下は、そんなバラバラだった王子達の心を一つにした」

「……どういうことだ!?」

「ロスモア伯爵の逮捕劇のことは知っているだろ？」

「ああ、俺は開会が始まる直前に謁見の間に入ったから、ロスモアの逮捕劇のことは貴族達の噂話でしか聞いていないが、本当にデュラン殿下がロスモア伯爵を尋問したのか？」

「俺は一部始終事の次第を見ていたよ。デュラン殿下がロスモア伯爵を問い詰めようとしていたところ、ニーナ妃派の貴族達に偽者扱いされて逆に叩かれようとしていた。俺も助け船を出そうと思ったけど、その前に兄弟である王子達がロスモア伯爵やニーナ妃派の貴族達から守るようにデュラン殿下の前に立ちはだかったんだ」

「……」

「俺は思ったよ。あの兄弟達はデュラン殿下を弟として好ましく思っている。デュラン殿下が願えばあの兄弟達は躊躇(ためら)いなく自らの兵を動かすだろうな、って」

「馬鹿な……た、確かに国王陛下はまるで何かの魔法にでもかかったかのように、デュラン殿下の願いをほいほい聞き入れていたが」

「それほど魅力のある人間なんだよ、デュラン殿下は。俺はあの人と一緒に行くことは後悔しない。たとえ、彼のせいで死んでも、後悔することはないよ」

はっきりと言い切る弟にモリスはもはや呆(あき)れて物も言えない気持ちだった。

あの無能のどこに人間的な魅力を感じるのか分からない。フレイムも国王陛下と同じく、謎の魔法にかかったとしか思えないのであった。

晩餐会が行われている中、俺はギュンターに呼び出され、宰相の執務室を訪れていた。こちらから出向こうと思っていたところだったので、好都合といえば好都合だった。豪奢(ごうしゃ)な革張りのソファに座るようにすすめられ、俺はそこに座る。

おおお、実家にあるやつよりお高いやつだな、やばいほど座り心地がいい。

向かいのソファにはギュンターが腰掛ける。

そこに執事が飲み物を持ってきてくれる。見るからに高そうなグラスに入った赤ワインだ。

「どうぞお召し上がりください」

「すいません、お酒は苦手なので」

と丁重に断る。この世界ではアルコールが飲めるようになるのは十八歳からだ。俺は二十歳なので問題ないのだけど、俺自身アルコールが飲めないのだ。一口飲んだだけで意識が飛んでしまうくらいお酒には弱い。

「そうですか。では執事にアルコールのない飲み物を持って来させますね。何がよろしいですか」

「で、ではコーヒーを」

適当なソフトドリンクをと思って注文したものの、寝られなくなるかな……まぁ、いいか。今晩はどっちにしろ色々ありすぎたから、興奮して寝られそうもないし。

程なくして執事がコーヒーを持ってきてくれた。うん、流石に香りが違う。いい豆使っているんだろうな。

「今日はお疲れ様でした」

心に染みる言葉だな。前世では目上の人に使っちゃいけないって注意された言葉だった。ご苦労様はＮＧだって分かっていたけど、お疲れ様もそうだとは思わなかったんだよな。でも、ネットで調べたら、「お疲れ様」は社内の目上の人には使ってもかまわないって書かれていた。

この世界の場合、王子の俺に対して今の言葉が相応しいのかどうかは分からないけど、ギュンターからお疲れ様でしたと言われるのはちょっと心地が好い。相手を労う言葉だもんな。

「あんたも大変だな、これだけ大々的なことしていたら」

「毎年のことですからもう慣れました」

ギュンターは軽く肩を竦める。本当にね、俺の親父の側にこの人がいてくれて良かったよ。そうじゃなきゃ、今頃王国は大混乱だっただろうからな。

「何故、俺をここに呼んだんだ？」

「聡いあなたのことですから、もうお分かりでは？」

「別に聡くはないけどな。でも〝願い事〟の件であることは分かるよ」

「ええ、まさしく〝願い事〟の件ですよ。あなたの留学の件は既に決定事項となりました。公の場で、陛下が返事をしてしまいましたからね」

「……」

やや非難がましいのは、俺が誘導する形で国王陛下に返事をさせたからだろうな。

気まずくなり、コーヒーを飲みつつ思わず明後日の方向を見てしまった。

「貴方の留学の件は問題ありません。ですが、あなたと共に行こうとしているフレイム＝ヴァレンシュタインの方は問題ですね。あなたの気持ちとしてはどうなのですか？　彼が一緒に行くということについては」

「全く問題はないな。あいつは心許せる友達だし、それに護衛もしてくれるのであればこんなに心強いことはない」

「〝英雄〟を手元に置く意味を、あなたは理解していますか？」

「……」

片眼鏡の下、鋭い眼光が俺に向けられる。

覚悟を問う眼だ。

一緒にいたら楽しいから、一緒にいてくれたら心強いからでは通用しないのは分かっている。友達と遊びに行くわけじゃないからな。

俺は、ギュンターの眼を見据えてはっきりと答えた。

「ああ、〝英雄〟を手元に置くということは、それだけの権力を手にすると同じ。俺はますます狙われる立場になるんだろうな」

「理解が早くて助かります」

ギュンターは鋭い眼を緩めた。

フレイムは王子三人が取り合うほど優秀な人物だ。さらに将軍の誘いまで蹴ってしまったのだ。その評価は必要以上に上がり、彼を求める人間はますます増えるのだろう。国内の人間だけではなく、噂を聞きつけた国外の人間も彼を欲しがるかもしれない。

そうなるとフレイムを手元に置くことになる俺の存在を、邪魔に思う人間も必然的に増える。

「こっちもフレイムに守られてばかりってわけにはいかなくなるな。留学の時期が決まるまで、せいぜい鍛えておかないと」

「護身術を心得るのは大事です。それと、ある程度の勉強もしていただかなくてはなりませんね。スミスに課題を持たせますので、その課題を完璧にこなせるよう頑張ってくださいね」

う、うぐうっっ。お勉強も頑張らねぇと駄目かぁ……だって留学だもんな。あっちの国の人に馬鹿にされないぐらいの学力はつけておかないとな。

「あなたに覚悟があるのであれば、こちらに異存はありません。フレイム＝ヴァレンシュタインの願いは聞き届けることにしましょう」

ギュンターの言葉に俺は思わず心の中でガッツポーズ。

やったぁぁぁ、フレイムと一緒に留学できるっっ。

「ただし、あくまで留学です。勝手に危険な旅に出ようとしないでくださいね」

「それは分かっているよ。俺だって命は惜しいし」

「あなたがより広い見識をもって、この国に戻ってくることを期待しています」

「うん、ありがとう」

「正直、私も助かりました。あなたが〝英雄〟を連れ出してくれることに」

ギュンターの言葉に、俺は神妙な面持ちで問いかける。

「……やっぱり、フレイムはそれだけ国にとって脅威なんだな」

「あなたは本当に聡明だ」

ギュンターは軽く息をついてから、目の前にあるワインを一口飲んだ。そして今までになく真剣な表情を浮かべ口を開いた。

「彼は弱冠十三歳で百人斬りを成し遂げ、さらに大将の首を獲った、まさしく英雄です。でも王子達がフレイムを欲しがった理由は、それだけではありません」

ギュンターは一度目を閉じる。少し考えるように沈黙してから、今までになく低い声で言った。

「彼の身の内に秘められた魔力はこの国の上級魔道師を十人合わせても足りぬほどの莫大なものです。今はまだ基本的な魔術しか使えませんから問題はありませんが、場合によっては、一国を滅ぼす破壊兵器にもなり得る人物なのです」

「——その事実を知っているのは？」

「宮廷の上層部だけです」

なるほどな。今回の授賞式の時フレイムを求めた三人の王子は、政治や軍事に深く関わっている、いわゆる上層部にあたる。だからフレイムの秘密を知っていたわけだ。百人斬りだけが理由じゃない気はしていたけど、そういうことかよ。

「俺の兄弟達が取り合うわけだな、あいつを」

あいつを手に入れるということは、国を揺るがす強大な力が手に入ることになる。それは絶対的な権力を手にするも同然。

王太子にさらに一歩近づくことになるだろうし、たとえ、王とならずとも、それ以上の権力権限を持つことも可能になる。

俺は溜め息をつく。ますます国内に置いておくわけにはいかないな。一時しのぎにすぎないとは分かっているけど、フレイム自身が考える時間は必要だ。

彼が自分自身の力をどうしたいか？　国のために役立てたいのか。あるいは国や何かのために封印するのか。

「〝英雄〟のフレイムについては既に国外にも知られていますが、〝破壊兵器〟になり得る人物であるということは知られていません。内に秘められた魔力は、エルフの王族でもない限り見ただけでは分かりません。魔力の数値は特殊な機械を通さないと調べられないですし、こちらも魔力の制御石を彼の体内にとりつけていますので、彼がそこまでの脅威であることが、他国に知られることはまず有り得ないと思います」

フレイムが〝英雄〟と言われるようになった頃、その強さに興味を示した魔術学者達の意向により、彼の魔力を調べることになった。そしたらとんでもない数値が出てしまったらしい。

「魔力の数値を調べる装置って……あのＭＲＩみたいなやつね……」

しかもアレ、結構、時間と手間もかかるんだよな。さらにお金もかかるらしいから、お金のある貴族とか王族しか自分の魔力を調べることができないの。ちなみに俺はまだ調べてない。引きこもりだったもんで。

ギュンターはその時くすっと笑った。

「ああ、やはりあなたも転生者でしたか」

その言葉に俺はごくりと唾を飲む。

今、なんつった？　転生者って？？？

「ＭＲＩ……駄目ですよ。そんなに簡単に前世の言葉使ったら。周りから変に思われますからね」

「ギュ、ギュンター。それじゃ、あんたもまさか」

「ええ、前世はドイツで政治家をしていました。色々あって死んでしまいましたけど」

　ざっくり言うなぁ……色々って何だよ。

「ちなみにあなたの前世は？」

「俺は日本でアパレルショップの店員とデザイナーの仕事やってたよ。あんたと違って政治とは無縁だったな」

「なるほど、道理であなたや王子達の服がスタイリッシュだと思いましたよ。この国はあまり洒落た紳士服がないですからね。是非、紳士服のバリエーションを増やして欲しいものです」

「おう、なんとか頑張るよ」

　宰相様からもお墨付きってことでいいのかな？　俺がアパレル方面で活動することに異論はなさそうだな。

「転生者の特徴として、ある日を境に性格が変わる人間が多いのですよ。記憶を思い出すまでは、自分が何者かわからず、訳も分からず自分のいる世界に怯えている。ある人間は世界を恐れるあまりに粗暴になったり、人形のように無感情になったり、我が儘になったりと。あなたは引きこもるタイプでしたね」

「……あんたはどうだったんだ？」

「私は粗暴になるタイプでした。若い頃は何人もの人間を血祭りにあげましたから。でも戦の場ではそれが〝英雄〟になるのだから不思議なものです」

怖っっ。この人、超怖い人だっっ！

「記憶を思い出してからは、政(まつりごと)の方にシフトチェンジしましたけど」

「もしかして、最初から気づいていた？　俺が転生者なことに」

「ええ。もしかして……というのは心のどこかにありましたね。あなたが例のお茶会に参加した時、多くの方があなたのことを〝別人のようだ〟と言っていましたから」

「それで俺に声をかけたのか？」

「理由の一つではありますね。でもあなたがお茶会に現れた時、嫉妬の中にも羨望、そして賛美の視線が多かった。本当に人徳が歩いている感じがしたのです」

「人徳って」

「否応なく人を引きつける人間はいますよ。前世のあなたはモテていたのではないですか？」

「ど、どうだろう。でも女の子の友達は多かったけど、友達以上に発展した子は少なかったような」

「でも友達としてはモテていたみたいですね」

「うん……友達は多かったかな？　友達止まりだけど」

「その中にはあなたに思いを寄せていた人もいたのかもしれないですよ」

「だったら嬉しいけどな」

「現に、私ももう少し若かったら、貴方のことを口説いていると思います」

「友達以上として？」

顔を引きつらせる俺に、ギュンターはくすくすと可笑しそうに笑ってる。

こ、この野郎。俺のことからかったな。

「友達以上……というのはありますね。心許せる腹心として、手元に置きたいと思っていますから」

「俺に政治は無理だよ」

「分かっていますよ。側にいて話し相手になってくれればそれで良いのです」

「そんなことだったら、別に年なんか関係ないよ。何か悩みがあったら聞くぐらいのことは出来るから」

そんな話をしている内に、執事が「そろそろ時間です」と言ってきた。ギュンターも会場に戻らなきゃならないからな。俺は戻らなくても問題なさそうだから、このまま家に帰ろうかな。

席から立ち上がりドアの方へ向かう俺に、執事がすかさずドアを開けてくれる。

部屋を出ようとしたその時、背中越しにギュンターは言った。

「あなたの人徳はあなたが思っている以上に大きな武器になり得るのですよ。デュラン＝アストレア殿下。〝英雄〟のことはあなたに託します。この国の未来のために」

第九章 ★ 騎士の誓い

めでたく留学が決定し、俺はますます勉強に剣術に魔術に打ち込むことになった。

魔術師としては、この前中級試験に合格した。……わりとあっさり合格できたな、と思いきや、合格してからが実は大変なんだと。覚える魔術の数だけで言うと、上級よりも多いんだってさ。

前にも言ったけど、同じ中級でも実力はピンキリなのだ。俺は攻撃魔術に関しては初級寄りだし、そうかと思えば、治癒魔術に関しては上級寄りだ。

何にしても〝雨寄せの術〟が出来るようになるまで、まだまだ道のりは遠い。

攻撃魔術の伸びが悪い以上、剣術の腕を磨くしかない。フレイムやジュレネ先生、それぞれに稽古をつけてもらっている毎日だ。勉強はスミス先生の課題と、時々グレイシィ義姉さんが各国の教科書を持ってきて俺に叩き込んでくれている。

一方デザイナーとしても転機が訪れた。

兄さん達が授賞式の時に着ていた服が評判になって、ホルティ布店にオーダーが殺到しているそうだ。大人数のお針子さんを抱えているホルティ布店だけど、新たなお針子さんも募集中だ。そしてもっとお洒落な服を売り出したいから、色んな服をデザインしてほしいという、夢のような依頼が、ソフィア夫人伝手に舞い込んできた。

ランスさんは本格的にアパレル産業に力を入れたいそうだ。従来の服屋が売っているものとは違う、斬新なスタイルの服を売りたいそうで、その洋服を俺にデザインして欲しいらしい。

勉強や剣術が終わった自由時間の夜は、服やアクセサリーのデザインを考えるのが俺の楽しみだ。自由に考えたものを形にしてもらえる、今の環境はとても有り難い。


そんな日々の最中、留学の前にどうしても行きたい場所があったので、俺はフレイムに頼んで連れて行ってもらうことになった。

行き先はゲオルグ兄さんが住む離宮だ。

街中から少し外れた海沿いの場所に立つその建物は、離宮と言うよりは要塞。

水堀に囲まれていて、石垣上に堅牢な見張り塔が見える。橋を渡ると大きな門があって、門番の人が俺の顔を見たら敬礼してすぐに開けてくれる。

門をくぐると、騎士らしき少年が俺達を案内してくれた。彼はゲオルグ兄さんの侍従でニールくんというらしい。

庭には不思議なことに日本家屋や茶室に酷似した建物が建てられている。恐らくヤマトの大工の手によって建てられたものだろう。

俺がここに来たかったのは、ゲオルグ兄さんの奥さんであるマーガレット＝アストレア第一王子妃に会いたかったからだ。俺は彼女の前世が、俺と同じ日本人だったかもしれない、という疑念を抱いている。

マーガレット義姉さんの妹、カトリーヌちゃんの話によると、マーガレット義姉さんは十六歳の時高熱を出したのを機に、人が変わってしまったという。自分のことを『私』ではなく『それがし』と言うようになってしまったらしい。

『それがし』というのは、昔日本で使われていた一人称だ。しかもこの庭の風景を見ていたら、疑念は確信に変わりつつあった。

もし、マーガレット義姉さんの前世が日本人なのであれば、前世の記憶を持った人間として、どう暮らしているのか、何か注意しなきゃならないことがあるのか、色々と相談したかった。

ニールくんに促（うなが）され、日本家屋の裏手にある中庭に入った時だった。

キィィィィン!!

金属同士がぶつかり合う音が響く。

俺は息を飲む。ゲオルグ兄さんと美しい女の人が剣を交えていたのだ。

女性の方が前に踏み出し剣を振り下ろす……いや、あれは剣じゃない。日本刀だ。

その刀を受け流し、今度はゲオルグ兄さんが剣を横に薙（な）ぐ。女性はバックステップしてそれを避ける。まるで時代劇のような光景だ。

しばらくして俺達が来ていることに気づいたのだろう。

「マーガレット、どうやらデュラン達が来たようだ」

「こ、これは……し、失礼っっ」

呼び掛けられた女性は、慌てて刀を納めた。彼女がマーガレット第一王子妃か。彼女は少々上ずった声で説明する。

「す、少し緊張をほぐすために、若殿と稽古していたところで」

「マーガレット、若殿はやめろ」

すかさずゲオルグ兄さんが注意した。マーガレット義姉さんは、はっとしたように掌（てのひら）で口を押さえる。

「そ、そうでありました……!!　何分、若殿……ではなく、ゲオルグ様のご兄弟をお迎えするのは初めてゆえ、それがし少々緊張してしまいまして」

言いながらマーガレット義姉さん、地面に片足をついて跪（ひざまず）いた。

「以前お姿だけは拝見しておりましたが、改めまして、それがしはゲオルグ＝アストレアが妻、マーガレット＝アストレアでございます」

本当に一人称が『それがし』だ。顔を真っ赤にして自己紹介する姿は可愛いけれど、口調は完全に武士だよな。

俺もまた胸の前に手を当てて自己紹介する。

「お久し振りです。デュラン＝アストレアです。マーガレット義姉さん、そんな武士みたいに跪かなくていいですよ」

　俺の言葉に、マーガレット義姉さんは驚きに目を見張った。

　もし前世が日本人ならば、武士という言葉に反応するだろうとは踏んでいたけれど、これほど分かりやすく反応するとは思わなかった。

　ゲオルグ兄さんも恐らく事情を知っているのだろうな。同じように驚いて、俺の顔を見ていた。

「実は折り入ってマーガレット義姉さんに相談したいことがあるのです」

　マーガレット義姉さんはゲオルグ兄さんの方を見た。

「ゲオルグ様、少しの間フレイム殿と剣の稽古をしてみてはいかがかと……」

「おお、それはよいな。フレイム、少し相手になってくれないか？」

　ゲオルグ兄さんも心得たように頷（うなず）いてくれた。フレイムが俺の方を見たので、俺は一つ頷き返した。

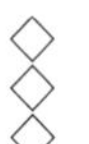

「ほう、前世の生まれは日本でしたか。しかもそれがしが生まれた時代より、はるか先の時代とは」
「俺も昔の日本人に出会うとは思いませんでしたよ」

案内されたのは、要塞のような離宮ではなく日本家屋の方だった。ここはマーガレット義姉さんが師範をしている剣術道場らしい。彼女は良家の子女相手に剣術を教えているのだという。しかし今日は休みなのか教え子の姿はない。俺は稽古場の隣にある六畳一間の畳の部屋に通された。ああ、畳の香り懐かしい。

マーガレット義姉さんは俺の向かいに端座して、まずは自分の話を始めた。

「それがしは忍びの一族の人間でした」

「に、忍者だったんですか」

確かにゲオルグ兄さんと剣術の稽古をしていた時の動きは、人間ワザとは思えない素早さだった。

マーガレット義姉さんは前世、忍者の男性だったそうだ。代々続く忍びの家に生まれた人間として、四十年間ずっと陰ながら主を支えてきたらしい。

ある日、主の政敵のお屋敷に偵察に忍び込んだところ、見張りに見つかり殺されたのだという。

そんな壮絶な最期を遂げ、目覚めたら異世界で大公のお嬢様だったというマーガレット義姉さんの気持ちはどんなものだったのだろう？

「俺は元々、ここで言う服職人みたいなものだったんですよ。何故死んだのかは記憶にないんですけどね」

「そうでございますか。記憶が断片的なのですね」

「……はい」

　嘘。本当は恥ずかしくて言えないだけだ。

　早く本題に入ろう。

「マーガレット義姉さんは、いつゲオルグ兄さんに前世のことを話したのですか？」

「何分、このような口調でありますが故、ゲオルグ様がそれがしに興味を持たれて、色々聞いてくるもので。最初はそれがしも誤魔化していたのですが、だんだん前世のことを言わぬことには説明が付かなくなってしまったのでございます」

　口調とは裏腹に恥ずかしそうに頬を染めるマーガレット義姉さん。ゲオルグ兄さん、積極的だな。真面目でストイックなイメージがあるけど、恋に関してはけっこう押せ押せの肉食系だったのかな。

「ゲオルグ兄さんは前世のこと、理解してくれましたか？」

「すぐには無理でありましたが、ゲオルグ様は殊の外、戦国武将に興味を持たれて、そういった話をするウチに仲を深めるようになりました」

　ゲオルグ兄さん、戦国武将が好きなのか。な、何か凄い納得。あの人、見た目は異世界の人間だけど、あの真面目さは侍みたいだもんな。

　本当は思い出していないだけで、あの人も前世日本人だったんじゃないのか？　そう考えるとだんだんゲオルグ兄さんとマーガレット義姉さんが、武士とくノ一のカップルに見えてきたよ。

「デュラン殿も大切な方が出来たら、その人には自分のことを話してもよいと思いますよ。特に生涯を共にする相手には、秘密などない方がよいですからね」

まさに俺が聞きたかった言葉を、マーガレット義姉さんは言ってくれた。

迷っていたんだよな、前世のこと家族に話すかどうか。

エルウィン兄さんも母上も急に性格が変わってしまった俺に驚いていて、未だに戸惑っているところがあるからな。

それにフレイムにも——

「デュラン様、それがしも前世はあまりにも心残りが多く、辛い気持ちになる時もあります。思い出したくない過去もあるかもしれませんが、いつか話せるようになったら、大切な人には苦しみを聞いて貰うのもよいと思いますよ」

その言葉に俺は顔が真っ赤になる。死んだ時の記憶がない、という言葉が嘘だったのバレてる!?

「記憶が断片的な時、人には迷いや不安が生じます。私自身がそうでしたから。ですがあなたにはその迷いや不安が見当たらない。断片的な記憶について、それがしに相談があってもよいものの、それもなかった」

ううう……そうか。そうだよな。記憶を失った場合、大抵の人間は失った記憶を取り戻そうとするよな。マーガレット義姉さんが優しい人でよかった。根掘り葉掘り聞いてくる人だったら、俺立ち直れなかったかも。

その日、俺たちはゲオルグ兄さんの離宮で夕食をごちそうになることになった。

夕食はなんと握り寿司。な、懐かしすぎるっっ。

海辺に近いこの街では今、寿司が大ブームなんだと。ヤマトの食文化が伝わったものらしいが、多分寿司職人の前世を持つ人が広めたんじゃないか、と俺は推察する。

マーガレット義姉さんが生きていた時代にはまだ握り寿司がなかったらしく、これが日本食であることを今まで知らなかったらしい。

ああ、サーモンの握りうめぇ。時々、ここに遊びに来ようかな。

お、そうだ。ソフィア夫人に相談して、寿司屋をメルギドアに作るのもいいかも。でも生魚食べる人あんまりいないから難しいかなぁ。提案してみるだけしてみようかな。

「おじたまー。タマゴとってくださいまし」

「お、卵だな。はい」

今、俺の隣には可愛い女の子が座っている。

スミレ＝アストレア。ちょっとおしゃまな女の子。ゲオルグ兄さんの長女だ。赤い髪の毛はさらさら艶やか、大きな紫色の目はアメジストのよう。将来は美人確定の美少女だ。

以前、出産祝いとしてアヤメちゃんの産着(うぶぎ)と共に送ったマオ人形。それがすっかり気に入ったスミレちゃんは、大事そうにぬいぐるみを抱きしめていた。そして俺のことも気に入ってくれたみたいで、食事の席も俺の隣がいいと駄々をこねたほどだった。

姪っ子、可愛いなぁ。今度はクマのぬいぐるみでも作ってあげようかな。

妹のアヤメちゃんはマーガレット義姉さんの腕に抱かれ、すやすや眠っている。

「おじたまー、スミレ、おじたまのこと大好きです。結婚しましょ」

「あははは、スミレちゃんが結婚できる時、俺はもうかなりのオジサンだからなぁ。もっと格好いい王子様が現れると思うぞ」

スミレちゃんの頭をよしよしと撫でる俺。向かいにいるゲオルグ兄さんの笑顔が引きつっているけどな……おいおい、たかだか子供がいう「結婚」を本気にすんなよ？

「おじたまよりかっこいい人なんかいないですっっ」

「ありがとな。おじたまは幸せ者だな、こんな可愛い子にプロポーズされるなんて」

「おじたま、お返事は!?」

「君が二十二歳になったら考えるよ」

「二十二歳!?　そんなに待てないですうっ！」

きゅーっと俺に抱きつくスミレちゃん。

「ス、スミレ。叔父さんが困っているだろう？　そろそろ離れた方が」

「おとーたまは黙っててください!!」

ものすごい目で娘に睨まれて石化するゲオルグ兄。娘には弱い父親が約一名。

今からこんなんじゃ、将来本当に恋人連れてきたらどうなるんだよ。

ゲオルグ兄さんは一国の王様になるかもしれないわけだし、もう少ししっかりして欲しいもんだ。


いやぁ、久々の握り寿司美味かった。デザートの豆大福も美味しかったなぁ。こうしてみると、この世界には日本文化がかなり広まっているよな。

帰りはゲオルグ兄さんの家族総出で見送ってくれた。

フレイムがチロを連れに厩舎へ向かうのを見計らって、ゲオルグ兄さんは言った。

「まさか、お前が前世持ちだったとはな」

「ええ、つい最近思い出したのですけどね」

「お前の変わりようにも納得したよ。デュラン、前世のことは極力黙っておいた方がいいだろう。この世界にはない知識を持っているということは、それだけで価値がある。お前の知識を悪用しようとする人間も出てくるかもしれないからな」

「そんな大した知識はないけどな」

スリーサイズが一発で当てられる特技は悪用されたりするんだろうか？

「身内にだけは話してもいいだろう。特にエルウィンはお前の秘密を俺が知っていて、自分が知らないと分かれば発狂しかねないからな」

「……そうですね」

留学までに一度エルウィン兄さんとも話をしておくか。前世のことがどれくらい理解してもらえるか分からないけどな。

俺の命を狙っていたロスモア伯爵の死刑が決まった。王族の命を狙ったことは、それだけの重罪だ。ロスモアはあくまで自分が便利屋に依頼して王子の暗殺を企（くわだ）てたのであり、親族は無関係であることを主張した。

ここでニーナターシャ第四側妃の関与を認めたら、一族の未来は完全に絶たれる。自分達の子供の未来も絶たれると考えたからだろう。実際、ロスモア卿（きょう）の娘は現在ニーナ妃の侍女として仕えているらしい。

けれども、別件でニーナ派の親戚も次々逮捕されている。一大勢力を誇っていたニーナ派は、徐々にその勢力を失っていった。

王子殺しへの関与は認められなかったものの、ブレオは、カジノでの不正を理由に王太子候補から外された。防犯用としてカジノに設置されていた魔眼鏡（まがんきょう）に、カードゲームに大金をつぎ込んでいる姿や、そのゲームにごろつきらと関与して細工を行っている姿が記録されており、その映像が証拠となったらしい。

候補から外れたにも拘（かか）わらず、それでも王の座を狙うとしたら、それこそ本気で王室の転覆（てんぷく）

を図（はか）らなければならない。

王太子候補から外れたことが決まって以来、ブレオは自分の部屋に引きこもっているらしい。

別に王太子候補であることが人生の全てじゃないのにな。

あいつにとって、自分のプライドを支えていたのはそれだけだったのだろう。

ゲオルグ兄さんの離宮から戻って数日後、メルギドア家では家族だけのお茶会を開くことになった。久々にエルウィン兄さんも帰って来る、ということで。

まだまだ肌寒い季節なので、外の景色がよく見える部屋にアフターヌーンティのセットを用意する。セネガルも料理長も気合いが入りまくりだ。

母上は仕事を終えてから来るそうなので、俺と兄上は一足先にお茶会を始めることにした。

「今からでも考え直さないか？」

「え、何が？」

ソファに腰掛け、マカロンを食べていた俺はきょとんとした。

俺の隣に腰掛け、両肩を持って自分の方に向けさせるエルウィン兄さん。とても心配そうな表情を浮かべて、俺の顔を覗（のぞ）き込む。

「留学だよ。留学。日が迫るにつれて僕の不安は募るばかりなんだよ。君は世間を知らない。ずっと部屋の中に引きこもっていたんだ。学校は確かに良き友も出来る。だけど裏切る奴（やつ）もいる。もし君が悪い奴に引っかかって、泣くことになってしまったら、僕はそいつを八つ裂きにして、骨がなくなるまで燃やしつくして、細胞一つ残さずにこの世から消し去ってやるけど」

怖い、怖い、怖い!! 俺と同じエメラルドグリーンの瞳が狂気と殺気に満ちあふれているよ!!

しかしこういう時、兄上を落ち着かせるには。

「兄上、そんなに怒らないで。俺はそんな奴に騙(だま)される程馬鹿じゃない。だって兄さんの弟なんだよ?」

瞳を潤(うる)ませて、極上の笑顔を兄上に向ける。するとみるみる殺気が消え、ぎゅううううっと俺を抱きしめる。

「デュラァァン、それは分かっているよぉ。君が俺に似て、とても賢い子であることは。だけど、やっぱり心配なんだよ。つい最近まで、君は何もかも恐れていたじゃないか。お茶会に現れた君は、君なんだけど君じゃなかった」

「……」

何が言いたいのか、よく分かるよ兄上。兄上は俺が偽者じゃないことは百も承知だ。だけどどうしても違和感が拭(ぬぐ)えないのだろう。

「騒がしいわね。お茶会はもう少し静かにするものよ」

母上も丁度来たことだし、留学する前に、話しておかないとな。

前世のことを。

俺はさりげなく兄上の抱擁を解き、ソファに腰掛ける。兄上も複雑な表情のままそれに続く。セネガルが出してくれた紅茶を見詰めながら俺は話し始めた。

「俺が以前、階段から滑り落ちて頭を打ったことは覚えていますよね？」

俺の言葉にエルウィン兄さんが苦い顔になったのは、飲んでいたお茶が渋かったからではないだろう。兄上は吐き捨てるように言った。

「家に仕掛けていた魔眼鏡に映っていたよ。あれはブレオの仕業だ。君が転げ落ちるように、階段に蠟を塗りたくっていたんだ」

「あ、そうだったんですか」

「ま、ブレオの所業は全部、ギュンターに報告しておいたけど。君の件も含め、違法の賭博や違法の娼館出入りの件でもね」

「で、頭を打ってどうしたのです？」

母上に促され、俺は再び話し出した。

「記憶が蘇ったのです。記憶と言っても、俺が生まれる前の記憶です。俺はこの世に生まれる前、違う世界で生きてきたのです」

「ちょっと、何を言ってるの？」

早くも混乱する母上に対し、兄上は真剣な眼差しになり、考えるように顎を擦った。

「もしかして転生というものかな？」

「転生？」

首を傾げる母上に兄上が説明する。

「人間には核というものがあるんですよ。魂とも呼ばれている。肉体に宿っているものです。

人間は肉体が死んでも核だけは残り、核は新しい肉体を得て、再び新しい生命として人生を始める……。つまりデュランの核は、生まれ変わる前の記憶を抱えたままこの世に生まれた。今はその記憶が蘇った状態ってことです」

さすがは研究者。転生のことも知識として知っていたみたいだ。

「……少し分かったような気がするわ。その前世の記憶があったから、あなたはこういった素敵なイヤリングを作ることが出来たのね」

母上もまだ戸惑いは隠せないものの、概ね理解はしたようだ。でも素敵なイヤリングって自分で言っていることに気がついてないな。

俺がプレゼントしたブルーパールのファーイヤリング、気に入っているのか、あれからずっとつけてくれているんだよな。最初はオモチャって言っていたけど、あれはツンデレ発言だったんだな。

「でも、納得したわ。何故、あなたが急にやる気になったのか。恐らく、今のあなたが本来のあなただったのね」

「長いこと、ご心配をおかけしました母上」

俺の言葉に母上は首を横に振る。

「あなたはまだまだこれからです。本来の己を取り戻した以上、自分の為すべき道を見つけなさい」

俺は深く頷いた。しかしエルウィン兄さんはまだ複雑顔だ。

「いくら前世を思い出したからって、君は今の世界では世間知らずじゃないか。アストレアの学校だってまともに行けていないのに、いきなり外国の学校だなんて」

だぁぁぁっっ!! またぎゅーっと抱きつくんじゃねぇ!! 何げに馬鹿力だし、この人!!

俺は全力で兄の胸を両手で押し、自分から引き離し、にこやかに笑って説得する。

「兄上、ファイシンは比較的治安の良い場所と聞いています。一緒に勉強するのは王族や貴族の子弟ですし。そんなに心配しないでください」

「でも、やっぱり心配なんだよ。こうなったら、僕も一緒に行こうか? 何だったらグレイシイさんも一緒に……」

そこに向かいに座っていた母上が洋扇を兄上の頭に投げた。ダーツの矢のごとく見事に飛んだ洋扇が兄上の頭に当たる。

「エルウィン!! あなたはいい加減、弟離れしなさい!!」

「母上、そんな殺生なこと言わないで下さい」

「どこが殺生なのですか!? だいたいあなたのその甘さがデュランを駄目にした原因の一つなのですからね!! 何が〝引きこもりならそのままでもいい、一生僕が面倒を見る〟なのよ!? デュランはペットじゃないのよ!?」

「あ――――、聞こえない、聞こえない、聞こえない!」

「聞きなさい!!」

両手で耳を押さえて首を横に振る兄上に、母上の雷が落ちた。お茶会はそんな感じで終始賑(にぎ)

やかだった。エルウィン兄さんはしぶとく俺の留学に反対していたけれども、母上の大喝により、しぶしぶ留学を了承したのであった。

その日、俺とフレイムは湖が見える丘の上で剣術の稽古をしていた。ひとしきりの剣の打ち合いが終わり、俺がバテたところで一休み。ベンチの上に座って弁当を食べることにした。クマ形に焼いたパンとブロッコリー。にんじんとタコさんウインナー。

「……これ、あの料理長が作ったの？」

目を点にするフレイムに、俺はやや複雑な顔で頷く。

実はソフィア夫人が娘さんを連れてウチに遊びに来た事があった。その時娘さんがあんまり食べることに興味を示さないとソフィア夫人が悩んでいたので、俺は娘さんの為にキャラ弁を作ってみたんだよな。

前世の高校時代、自分で弁当を作っていたんだけど、キャラ弁にはまった時期があって、そのことを思い出しながら作ってみた。娘さんはそれを喜んでぱくぱく食べてくれたんだ。

で、その俺のキャラ弁を見て、料理長はインスピレーションを得たのか、我が家に出される料理が急にファンシーになった。シチューの中に星形のにんじんが入っていたり、ハンバーグがハート形だったり、パンにキャラパンが混ざっていたり、料理にやたら可愛いモチーフを入れてくるようになったのだ。

そして今回は渾身のキャラ弁を作ってくれたわけだが、味はさすが料理長。クマ形のパンはふわふわだし、ブロッコリーの味付けも、それにタコさんウインナーの歯ごたえも絶品です。

あっという間に弁当を食べ終えた俺は、お茶を一口飲んでフレイムに尋ねた。

「なぁ、フレイム」

「ん？」

「お前はこれでよいのか」

飲みかけのお茶をベンチに置いて、湖を見ながら俺は問いかける。

フレイムには将軍直属の部隊という、騎士ならば誰もが夢見る最強部隊に入ることだって可能だ。彼だったら次期将軍も夢じゃないかもしれない。

それを蹴ってまで自分についてきてもよいのか？　後悔はしないか？

今一度、それを問いたかった。

「よいから、今ここにいる」

シンプルな答えだ。だけど想いは伝わる。その表情に迷いは一つも見当たらない。

フレイムは立ち上がり、俺の前に跪く。

「私、フレイム＝ヴァレンシュタインは、生涯、デュラン＝アストレア殿下の剣となることを誓います。貴方と共に生き、たとえこの世の全てが敵に回ったとしても、貴方のために戦い、守り抜くことを誓います」

俺は息を飲む。

騎士の誓い。

それは絶対的な誓約ともいえるもので、破ることは許されない。単なる口約束だけでは済まされない拘束力がある。言霊というのか。魔術の類いというべきか。

悪い言葉で言えば呪いにも近いといえる。誓いを破れば、その身に必ず災いが降りかかるといわれている。迷信と言えば迷信なのだが、実際に誓いを破った騎士で、まっとうな生涯を歩んだ者は殆どいない。

「フレイム、本当に俺でいいのか？」

真剣な声で問う。向こうも真剣なのだから、こっちも真剣に問わなければならない。

「先ほども申し上げたはずです。貴方がいいと」

敬語で答えるなよっっ！　貴方って何だよ、コラっ!!

あああああ、じっとこっちを見るなっっ！　恥ずかしい。

だけど目を逸らすわけにはいかねぇよな、向こうは真剣なのだから。

「ならば、俺は主としてお前に命じる。ずっと俺の側にいてほしい。だけど、俺のために死ぬな。俺のために生きろ」

俺はフレイムの頬に触れる。

今の言葉は正直な俺の気持ちだよ。ずっとお前と共に生きたい。笑って、泣いて、時にはケンカもするかもしれない。

俺はフレイムと同じ高さに膝をつき、頬に触れていた手を後頭部に回す。そして自分の方に引き寄せ、その唇を重ねた。

「……っっ!!」

夏の時の仕返しでもあるけどな。

俺よりも年下のくせに、キスの主導権握りやがって。不意打ちとはいえ、あれはやられた。だから、今度は俺の方からキスをする。

フレイムは驚きながらも、俺の背中に手を回す。

触れ合うキスから、徐々に深く絡み合うキスになる。

「あ……ふっ……うんっ……」

フレイムの舌、すごく気持ちが良い。熱くて弾力のある感触が俺の舌に絡みつくたびに、思わずいやらしい喘ぎ声が漏れてしまう。

お互い唇を吸い尽くすだけ吸い尽くした後、しばらくフレイムの目を見つめる。

ブルーグレイの目は俺の姿のみを映している。彼の一途な眼差しは胸に迫るものがあった。

フレイムは生涯俺と共にいることを誓った。

こいつとはきっと家族より長い時を過ごすことになるのだろう。そんなお前に、隠し事をするのは嫌だからな。

俺はフレイムの額に、自分の額をくっつける。

お前にも、知ってもらっておかないといけないな。過去の俺と今の俺、両方含めて今の俺があること。

前世のことがどれだけ理解して貰えるかは分からない。だけど、俺は話そうと思う。

引きこもりだった頃の自分がいたこと、羽田中礼緒（はたなかれお）として生きてきたこと、その記憶と共に今があることを。

エピローグ

半月後、俺の留学先は東の大国であるファイシンにある、ロンシュン大学に決まった。

元々、交換留学生のやりとりが盛（さか）んな国なんだよな。他の国の王子や王女も留学しているらしい。そういった人達とも仲良くなれたらいいな。

行き先がファイシンと決まった時から、俺はマオさんから買った布を使って、ファイシン滞在の期間に着る衣装を作りはじめた。

普段着や正装、それに運動着とか、色々とね。中華風の衣装を考えるのは超楽しい。

このファッションが向こうでも受け入れられたらいいんだけどな。

ファイシンは隣国にもかかわらず移動手段は船だ。陸路を使うとかなり命がけになる。

国境近くにある山脈がやっかいなんだ。エベレスト以上の高さのある山脈を越えなきゃならず、ワイバーンでも、そこまでは飛べないらしいんだよな。

ドラゴンだったら可能らしいけど、残念ながらドラゴンは超レアな生物で、乗るどころか、見たことすらない人が多い。

ドラゴンというのは不思議な種族で、進化していないドラゴンと、進化したドラゴンの二種類いる。進化したドラゴンとはワイバーンやミニドラゴン達のことで、彼らは環境に応じてその姿を変えてきた。

一方進化しないまま現代を生きているのがドラゴンと呼ばれる最強生物。ワイバーンの数倍のパワーを持ち、人間並みの知恵を持つという。絶滅はしていないはずだけど、見たことのある人は極端に少ない。

ドラゴンの話は置いておいて、とにかく飛空生物は使えないので、俺達は王室が持つ船でファイシンへ向かうことになる。

俺とフレイム、それからなんとジュレネ先生も引き続き護衛として、そして魔術の先生として付いてきてくれることになった。あと商人のマオさんも案内人として付いてきてくれることに。

「ファイシンの美味しいもの、いっぱい紹介するアル！　それから美しい景色も沢山あるよ！　それに綺麗な花や、おもしろい民芸品とかも」

嬉しそうに飛び跳ねているマオさんは、可愛い容姿にも拘わらず、身体には似合わない槍を背中に背負っている。マオさんの故郷は槍術が盛んらしい。

身体一つで旅するんだもんな、行商人って。強くないとやっていけないよな。

俺達の乗る船が停まっている港には、ゲオルグ兄さんとエルウィン兄さんが見送りに来ていた。

「デュラン、辛くなったら飛んで帰ってくるんだよ？」

そう言って俺の右手を両手で持ち、瞳を潤ませるエルウィン兄さん。

「そうよ、私とエルウィンであなたを守ってあげる」

そう言って反対の手を両手で握ってくれるのはエルウィン兄さんの奥さんのグレイシィ義姉さん。

そんな夫婦の様子を、ものすごく白い目で見るゲオルグ兄さん。

「お前ら、デュランの独り立ちを妨げるような発言は控えろ」

「ゲオルグ兄さん、あんたはデュランが心配じゃないのか！」

「心配だから言っているんだ!!　そもそもお前らはデュランを甘やかしすぎだ!!」

「まぁ、甘やかしてなんかいないわよ。ちゃんと向こうでの勉強についていけるように、三日三晩ロンシュン大学の教科書の内容を頭に叩き込んだのよ」

お淑やかに答えていますが、俺は確かに三日三晩寝ずに教科書の内容を覚えさせられた。

寝ようとすると、グレイシィ義姉さんが回復＋目覚めの魔術をかけてきて寝させてくれないの。何度も繰り返し読んでいるとな、訳が分からなかったはずの数式や言語が分かるようになってくるんだぜ？

ゲオルグ兄さんはそんなグレイシィ義姉さんに顔を引きつらせる。

「グレイシィ……お前のアメとムチは極端じゃないのか？」

「あら、普通よ？　私はそうやって勉強してきたもん」

「く……確かに腹が立つほど勉強はできていたな」

ちなみにゲオルグ兄さんとグレイシィ義姉さんは、学生時代同級生だったそうで、勉強はトップを争う仲だったそうだ。

「グレイシィ義姉さんの厳しさには愛があるって僕もよく分かっているよ」

妻の教育方針に関しては、兄さんは驚くほど柔軟な理解を示している。何だかんだで奥さんに惚れているんだよな。うん、仲が良くて羨ましい。

「分かっているなら、お前も少しは厳しくしろよ」

はぁぁっと長い溜め息をつくゲオルグ兄さん。

そんな兄弟達にくすくすと笑いながらも、俺はザド兄さんが来ていないことに、少し寂しさを覚えていた。

あんなケンカしちゃったからな、怒っているのも仕方ないけど。

「そうそう、これ。ヤマト島国から来ている友達と考えた発明品なんだけど」

そういってグレイシィ義姉さんが差し出してきたのは……え……カメラ!?

木の箱の中にカメラと、それから説明書であろう、分厚い本が。少し前の携帯の説明書みたいだな。前世の時は、あんまし読んだことなかったけど。

「ヤマトの友達が考えたのよ。それで写真が撮れるんですって。あ、写真っていうのは、こうやってボタン押すと、ほら、この景色がそのまま写るのよ。だから写真っていうの」

「……ま、マジかよ」

おおお、どこからどう見てもカメラだ。ヤマトの友達って確実に転生者だよな!? そうじゃなきゃ、こんなもん出来るわけがないっ。うわぁ、そういう人がいるんだったら紹介してもらいたかったな。前世について色々話したいこともあるし。

だけど、そうしてみると、転生者って俺が思っているよりも沢山いるのかもしれないな。

「これでファイシンの風景を沢山撮ってきてね」

「あ、ありがとう。グレイシィ義姉さん」

俺は写真機を受け取った。

「この写真機、義姉さんも持っているの？」

「ええ、持ってるわよ」

「んじゃさ、俺の甥(おい)っ子か姪(めい)っ子になる子の写真、撮っておいてくれる？　生まれたばっかりの可愛い盛りの顔は見られそうもないから」

「……分かったわ」

グレイシィ義姉さんは目に涙を浮かべて頷いた。まだお腹(なか)は目立っていないけど、もう五ヶ月になるんだってさ。

「それより、フレイム。分かっているな。デュランを必ず守れよ。特にあのファイシンの皇子には要注意だ」

「は、はい。国際問題にならないよう対処します」

「場合によっては国際問題になってもかまわない」

背後に八岐大蛇(やまたのおろち)がいるよ、エルウィン兄さん。

「冷静になれ、馬鹿者」と、すかさずゲオルグ兄さんが頭を叩いていたけど。

「大丈夫です。この命に代えてもデュラン様はお守りします」

「うん、頼もしいな。ム国の王子と、ゼナ国の王子も要注意だから」

エルウィン兄さんの言葉に、俺は恥ずかしくなって大声を出した。

「いい加減にしろ、誰も彼もが俺を狙うわけねぇだろ!?」

「でも実際ザドの馬鹿は君のこと狙っていただろ？」

「そのザド兄さんだって兄弟から始めようって言ったんだ。だから兄弟になれるって……俺は思っていたんだけどな」

悲しい気持ちがまた蘇(よみがえ)る。きっと今でもあの人は俺のことを信用してない。

兄弟を出し抜いて〝英雄〟を連れて行こうとしている泥棒だと思っているんだろう。

そう思うと辛くて泣きたい気持ちになる。だけどしようがねぇよな。

「ザド兄さんに伝えておいてくれない？　俺は……」

俺が言いかけたその時だった。


デュラン!!


どこからともなく俺を呼ぶ声が聞こえた。

この声はザド兄さんだ。

なんか上から聞こえて来たような気がしたけど……上を見て、俺は目を見張った。

そこにはワイバーンに乗ったザド兄さんがいたんだ。

「デュラン、この前は悪かったっっ!!」

「上から物を言うなっっ!!　馬鹿兄貴っ!!」

「誰が馬鹿兄貴だよ!?」

ザド兄さんが乗っているワイバーンが港に降り立った。

ぶわりと強風がおきる。そこからジャンプして降りたザド兄さんは俺の元に駆け寄ってきた。

「んっとにこの前は悪かったよ、デュラン」

「何だよ、ぎりぎりになって」

「だってよぉ、謝るのって恥ずかしいじゃねぇか。兄弟から始めようって俺から言っておいて、あれはなかったよな」

「ザド兄さん……俺のこと、信用してないんだろ？」

震えた声で問う俺に、ザド兄さんは複雑な表情を浮かべて俯(うつむ)いた。

「ああ、俺は子供の時からずっと命を狙われていたからな。まぁ、それはゲオルグもエルウィンも同じだけど……誰かを信用するのが怖かったことは確かだ」

「俺は、ザド兄さんの命なんか狙わない」

「分かってる。お前はそんなこと出来るタマじゃねぇしな。あの時は欲しかったもんをお前にあっさりと取られたのが悔しかった。それにモリスのことでイライラしていたのもあったし」

「……」

「だけど、お前が悲しそうに俺のこと見た時……失ったらいけないもんを失った気がした。今、お前とちゃんと話しておかないと、俺は一生後悔すると思った」

「……」

「俺はな、たとえ兄弟でもなかなか信用できねぇ……つうか誰一人信じていない人間なんだ。いや、信じるのを怖がっているただの臆病者だ」

「……」

「だけどな……服をくれたことも嬉しかったし、お前と軽口を叩けたのも嬉しかった。それに何かあったら、お前のことを守りたい気持ちになったのは本当だ」

「……」

「こんな臆病者だけどな……俺のことを嫌いにならないで欲しい」

ザド兄さんは、プライドとか何もかも捨てて、自分の本音を俺に話していた。

人を信用できない。裏切られるのが怖いから。

きっとこの人は何度も裏切られてきたのだろう。

だから信じることに臆病になっている。

「分かったよ、ザド兄さん。無理に信用しなくてもいい。ちゃんと信じてくれるまで俺は待つよ。さっきあんたに伝えたいと思っていた言葉があったんだ。——たとえ信用されなくても、俺はあんたの弟だと思っているって」

「デュラン……」

「嫌いにならないで欲しいのなら、俺が帰ってくるまでゲオルグ兄さんやエルウィン兄さんとケンカしないでくれよ。兄弟同士で争うのは、俺は嫌だから」

「分かった……あいつらとはケンカしないように努力する」

そう言ってザド兄さんは腰に付けているポーチから一つの卵を取りだした。

鶏の卵より一回り大きな卵だ。しかもウズラの卵のような模様。色はピンクだけど。

それを俺に差し出してきた。

「こいつをお前にやる」

「これは？」

「多分、ミニドラゴンの一種だ。でも、もしかしたらドラゴンの可能性もある貴重な卵だ」

「俺が貰ってもいいのか？」

「ああ、貰って欲しい」

「ありがとう」

俺はドラゴンの卵を受け取った。卵からはほんのりぬくもりを感じる。生きた卵だ。

俺がザド兄さんの顔を見ると……あ、また、優しい目だ。そんな風に見られたら、もうこれ以上文句は言えなくなる。

とにかく授賞式のことはもう水に流そう。これからまた信頼できる兄弟になれるように努力すればよいのだから。

せっかくカメラがあるので、その場にいる皆と一緒に、記念写真を撮ることにした。

船を背景に全員が横に並ぶ。

マオさんがタイマーをセットしたカメラを三脚に据えて、こちらに向かってくる途中で派手に躓（つまず）いたのはご愛嬌（あいきょう）、ということで。


この世界で最初にとった写真だ。

印刷して、後で皆に送ろう……って、印刷って出来るのか!? パソコンやプリンターもないのに……とりあえず、後で説明書を読もう。初めて使う異世界の機材だしな。きっと前世とは勝手が違うだろうから。

港には大型帆船（はんせん）が停まっている。長さ百メートル、幅は十五メートルほどある。マストに風を受けて進むことも出来るが、基本は魔力で動くらしい。

船の名前はネルメア号。

国の守護神である女神の名前がついている。寝室と食堂、娯楽施設もある王室専用の豪華客船だ。

俺は船に乗り甲板（かんぱん）から兄弟達に手を振る。

そして手を振り返してくれる兄弟達の姿が見えなくなるまで、俺はずっと港の方を見つめていた。

今の俺の気持ちは不安より、期待の方がはるかに大きい。

これから沢山の国を見たいし、その文化に触れて、沢山の人々と出会いたい。
生まれ変わった以上、今度はとことん生きたいように生き抜きたい!!
この広い広い海の先、何が待ち受けているのか分からないけれど。
俺達は旅の第一歩を踏み出した。

ネルメア号の夜

「龍美(たつみ)ー、卵の様子はどうだ？」

「ウキュッ！」


俺が声を掛けると、龍美は嬉(うれ)しそうに返事をした。

ネルメア号には、船内厩舎(きゅうしゃ)と呼ばれる騎乗動物用の部屋がある。

とはいっても船に乗ることが出来るのは馬サイズまでで、ミニドラゴンの龍美はギリギリだった。

ちなみにフレイムが乗るワイバーンのチロはデカすぎるので、自力でついて来ている。途中に浮かぶ小さな島で休みながら、船の上を飛んでいるらしい。

ザド兄さんから貰(もら)ったミニドラゴンの卵……もしかしたらドラゴンの卵かもしれないという卵を龍美に見せたら、彼女は嬉しそうにそれを温め始めた。

「まだ卵産んだことないんだけどな。母性が目覚めたのかな？」

フレイムは不思議そうに首を傾(かし)げる。

龍美は元々ヴァレンシュタイン家で飼われていたんだもんな。

「何だか幸せそうだな、龍美」

「そういえば仲間のミニドラゴンが卵産んで温めていたのを、羨（うらや）ましそうに見てたことがあったなぁ」

「龍美は雄（おす）のミニドラゴンと恋愛はしなかったのか？」

龍美の顎（あご）の下を撫（な）でながら尋ねる俺に、フレイムは何とも言えない顔で首を傾げる。

「うーん、ウチもあんまり増えたら困るから、雌（めす）と雄は別にしていたんだ。卵を産んだミニドラゴンも、たまたま脱走した雄とそういうことになっちゃっただけで……。そもそも恋愛という概念（がいねん）がドラゴンにあるのかどうかも分からないけど」

「ああ、そっか。そうだよなぁ」

確かにやたらに増えてしまったら困るよな。エサ代もかかるし、貰い手も探さなきゃならないし。

でも卵を温めている龍美は今、とても幸せそうだ。時々愛（いと）おしそうに卵に頬ずりしている。

俺はそんな龍美の頭を撫でながら言った。

「卵のことよろしくな」

船内厩舎からデッキに出ると、雲一つない空と青い海が広がっていた。

ああ、綺麗（きれい）だなぁ。太陽の光に照らされ海面がキラキラ光っている。風はとても爽（さわ）やかで心地好く、俺は思わず伸びをしながら深呼吸した。

その時だった。

「飛び魚だ」

フレイムの言葉に、俺は目を丸くする。

どこ?

そう思った瞬間、上空が突如暗くなる。上を見上げると……げげげっっ!!

と、飛び魚だ。しかも全長六メートルはある。胸ビレを入れると全幅は十メートルぐらい、まるで小型飛行機が真上を飛んでいるかのようだ。

そいつは船の遥か先の方まで飛んでから、海面に飛び込んだ。着水の際、大きな波しぶきが生じた。アレに巻き込まれるとなかなか厄介らしい。

「今度はイルカだ」

フレイムが指差した方には、色とりどりのイルカの群れがいた。

す、すげぇっっ。こっちのイルカはピンクと水色のイルカなんだよな。

雄がピンクで雌が水色らしいけど……まぁピンクが女の子ってイメージはあくまで人間が作ったものだもんな。

俺はグレイシィ義姉さんから貰ったばかりのカメラで、イルカを次々撮っていく。

イルカ達は人懐っこいのか、船の周りをジャンプしながら泳いでいる。船員さんが魚の頭を投げると、群れの一匹がそれをキャッチ。

なるほどー、餌付けされているからこんなに懐いているのかぁ。

さらに上空に餌が投げられると、イルカはジャンピングキャッチした。俺とフレイムは思わず拍手。イルカショーを見ているみたいだ。


こんな風に、異世界の船の旅は、前世の記憶がある俺から見ると不思議なことだらけだった。

マグロや鯛、それに鯵など前世と共通した魚もいるかと思えば、イルカの色がピンクや水色だったり、飛び魚が馬鹿デカかったりするからな。

船員さんは愉快な人が多く、夕食後は毎度のように宴会になる。俺は飲めないから、食事を済ませたら、すぐに自室へ戻るのだけど、ジュレネ先生とマオさんは嬉々として宴会に参加しているみたいだ。

天候にも恵まれて、ネルメア号は順調な航海を続けていた。


その夜——。

俺はなかなか眠れなかったので、外の空気を吸いにデッキに出た。

海の上は、日中は暖かいけれど朝夕は冷え込む。船室の中は空調石のおかげで一定の温度を保っているけれど、部屋を出ると冷たい海風が肌を刺す。

俺は船のデッキに設置されている椅子に腰掛けて、空を見上げた。

ああ……星が綺麗だな。この世界の星座は、前の世界のものとは全然違う。ヤリねずみ座とか、オニウシ座とか、ケナガトラ座とか……あ、それから、サクラ座があるんだよな。

この世界にも桜という花があるらしい。

元々ヤマトの国で咲いていた花が広まって、今では世界の至る所で見ることができるとか。広めたのも前世が日本人だった人なのかな？

いつかヤマトの国にも行ってみたいな。

「デュラン、こんな所にいたのか」

声を掛けて来たのはフレイムだ。彼は俺の隣に腰を掛けると、飲み物を手渡してくれた。

「はいベリー茶。体が温まるよ」

風にあたって少し冷えてきた体に、温かいお茶は有り難い。

俺はそれを一口飲んだ。

「星が綺麗だな」

フレイムは、空を見上げてはぁぁっと大きな息をついた。ブルーグレイの瞳はきらきらと輝いている。んっとに横から見てもいい男だな、こいつ。

俺はもう一口茶を飲んだ……何だか身体がぽかぽかする。

「なぁ、フレイム」

「ん？」

「フレイムはどうして俺と一緒に行こうと思ったんだ？」

「うーん、面白そうだから？」

「何で疑問形なんだよ？」

言って俺は、ずずずっとお茶を啜る。

将来のことを考えたら、将軍の下に付いた方が出世の近道だろうし、次期将軍も夢じゃない。それを棒に振ってまで、俺と一緒に来るメリットって一体……。

「俺は戦とか政治とか元々興味がない。異国を旅するのが夢だった」

「本当に？」

「ああ、でも確固たる目的もなく旅……なんて言えないだろ？　君が留学するって聞いた時、じゃあ俺もそれに乗っかろうって思ったんだ」

「ああ、なるほどね」

確かに、代々国を守る騎士の一族に生まれていたら、気ままに旅したいとは言いにくいだろう……まぁ、普通の家庭でも言いにくいけどな。

色々な世界を見て視野を広げることで、自分のやりたいことを見出すというのも一つの道だ。それは少し遠回りにはなるかもしれないけど、自分が本当にやりたいことを考える時間は必要だと思う。国を揺るがす強大な能力を有しているというフレイムには、尚更。

俺はお茶をまた……飲んで……あれ？　……………何か、身体がカッカするな。

「でも、一番の理由は君だよ」

「俺？」

「単純に、君のことが好きで、君と一緒にいたいって思ったから」

ブルーグレイの瞳がじっとこっちを見る。ううう、そんなに見つめられたら、恥ずかしくなってしまう。

こんなに格好いい奴(やつ)が、何で俺のことを好きになったんだろ？

「なぁ、お前っていつから俺のこと好きになった？」

「いつって……うーん、出会った時から？」

「嘘(うそ)だ。あの時の俺、太ってたじゃん」

「そうだね。ぽっちゃりしていた君も可愛かったよ」

あのときの俺を可愛いという変人は、エルウィン兄さんだけだと思っていたけど、ここにもいたよ。

「そういう君はいつから俺のこと好きになっていた？」

こっちの顔を覗(のぞ)き込むな！　端整な顔が超近い!!

俺はフレイムの視線から逃げるように床に視線をやりながら、上ずった声で答えた。

「意識したのは、あの夏の日……湖でキスした時からかもしれない。でも多分、俺も出会った時から好きだったんだと思う」

ぐあ～～～っっっ!!　ハズいっっ!!

顔が熱いっっ！　何なんだよ、恋愛初心者かよ、俺はぁぁぁ!!

前世の時はもっと余裕で構えていたはずだ。ある程度は経験を積んでいたはずだったし、職業柄どんな女の子に対しても常に紳士的に対応してきたと思う。

だけど、こいつの場合だとものすごく調子が狂う。

男同士の恋愛が初めてということもあるんだろうけど、今まで経験してきた恋愛とは何か違うのだ。何が違うかと言われると、自分でもよく分からないけど。

それに何だか……変だ。

胸がドキドキしてきた……このドキドキは、気持ちだけの問題じゃない。

俺はふと手に持っているベリー茶のカップを見た。

「なぁ、フレイム。もしかしてこのお茶ってアルコール入ってたりする？」

「ああ、リキュールが少し入っている」

「……マジかよ」

迂闊だった……俺はアルコールがダメだって、コイツに言うのを忘れていた。

やばい……頭がぼうっとしてきた……胸はますますどきどきしてくるしっ!!

「デュラン、どうしたんだ？　顔が赤いけど」

フレイムが俺の額に触れる。

熱なんかないって。身体が熱いのはアルコールのせいだ。

うわわわ、額くっつけようとすんな!!　ただでさえ動悸がおさまらないのに。

何か頭がくらくらしてきて目が回る。

だんだん意識が遠のいて行く。

………。

………。

……身体が、熱い。

◇◇◇

「フレイムのばかぁぁぁ……っ！　俺、お酒弱いのにぃぃ」

突然デュランは甘えたような声を出して、俺にぎゅうううっと抱きついてきた。

「つっっ!?」

突然の熱い抱擁(ほうよう)に、俺は口から心臓が飛び出るかと思った。

お酒に弱いって……？　し、知らなかった。ほんの少ししか入ってないけど……。

俺の腰にデュランの腕が回る。そして彼は俺の膝に顔をぐりぐりと埋(うず)めてきた。

ちょ、ちょっと待ってってっ!!　そこは俺のナニに君の顔が当たってってっっ。

「デュラン……ダメだっ」

「ダメって何がぁ？」

デュランは顔を上げ、俺の顔を覗き込んでくる。甘えたような上目遣いが、やたらに色っぽい。

「何がダメなのぉ？　フレイム」

「いや……ダメじゃない」

「そっかぁ。ダメじゃないのかぁ」

ニコぉっと笑って、今度は俺の胸に頬を埋めてくるものだから、俺は思わずデュランの身体を抱きしめる。

ああ……温かいっっ！

この温(ぬく)もりがあったら、たとえ吹雪(ふぶき)にあっても大丈夫な気がする。

身体、華奢(きゃしゃ)だな。デュランが日々身体を鍛えているのは知っているけれど、俺と比べたらまだまだ細くて、腕の中にすっぽり収まってしまう。

「俺も嬉しいよぉぉ、お前と旅が出来て」

デュランは俺の胸に頬ずりしてくる。

そ、そんなに俺のことを!?　嬉しすぎるっっ。うううう……なんか、ヤバい。俺の身体、ヤバくなっているっっ。あらぬ場所がだんだん硬くなっているのが分かる。

「フレイム、ありがとぉ」

そう言ってデュランは俺の首に手を回し、キスをしてきた。

「!?」

あ……そんな、積極的すぎるっっ。

君は俺を誘っているのか!?　こんなに無防備に抱きついて、キスまでするなんてっ。

そんなことされたら、俺も自分が止められなくなるだろ!?

俺はデュランの顔を両手で挟み、感触を味わうように唇(くちびる)を強く吸う。するとデュランもまた俺の唇に吸い付いてきた。

「あふっ……うん……あっっ……」

唇を合わせる度に漏(も)れる吐息(といき)が熱い。

ひとしきり吸い付くキスを繰り返した後、わずかに開いた唇に舌をそっと差し込む。

弾力(だんりょく)があって、触れるとぬるっとした舌の感触が気持ち良すぎる。そして待ち構えたようにデュランの舌が俺の舌に絡(から)みついてくる。俺はもう夢中になって、デュランの舌、歯、頬の内側まで全部味わい尽くす。


ああ、なんて甘い。

ベリー茶の味だって分かっているけど、それでもこのキスは甘い。

「デュラン、ここは寒いし、ベッドに行こうか?」

俺はデュランの耳元に囁(ささや)く。

こんな所でキスしていたら、その内(うち)誰かに見つかるし、それに今、俺は猛烈にキス以上のことをしたい気持ちで一杯だ。

デュランは、頬を朱に染めてぽーっとした顔でこっちを見ている。

その超絶可愛い顔に俺は、思わず悶絶(もんぜつ)する。

ああ、たまらん、たまらん、たまらんぞっっっっっ！

俺の中にある理性軍はあえなく全滅。欲望軍が勝利の雄叫びを上げる。

俺はデュランを抱きかかえ、足早に船室へ運ぶ。今、行く手を阻む奴がいたら、俺はそいつを瞬殺する。

船室のドアを足で開けると、そこはデュランが泊まっている王族専用の豪奢な部屋だ。

いかにも高級そうな応接セットに、一人で寝るには広すぎるベッドが部屋に置かれている。

ちなみに俺にはこの隣の部屋を与えられているけれど、その部屋も高級宿並みにいい部屋だったりする。

真っ白なシーツが敷かれたベッドの上にデュランを横たえる。そして俺もまたベッドに上がり、彼の上に四つん這いになる。そして首筋に軽くキスをしてみる。

「あ……ふ、フレイムっっ」

びくんっと震えるデュランの身体。ちょっと唇が触れただけなのにこの反応。とても敏感になっているみたいだ。

また、唇を重ねる。今度は周りを気にすることなく、じっくりとキスすることができる。先ほどのキスのせいでデュランの唇は唾液で濡れていた。その感触を楽しみながら俺は再び深いキスを求める。

「あ……んふぅ……っんっっ」

これでもかというくらいに舌を絡め合う。お互いの唾液が混じり合い口の中は蕩けきっている。

ずっとキスを続けたい気もするけれど、今はそれ以上のこともしたい。離れがたい気持ちをひとまず抑え、唇を離すと、今度はデュランのシャツをたくしあげる。

現れた胸に俺はごくりと唾を飲む。

な、なんて美味しそうなんだっっ。白いすべすべとした肌に、ぷくっと顔を出している乳首が可愛い。唇を寄せてちゅっちゅっと音を立てて吸うと、びくびくっとさらにデュランの身体が震える。

「あ……フレイム、それ、気持ちいいよぉ……」

「――――」

き、気持ちいいって⁉　俺に乳首を吸われて、気持ちいいってこと⁉

欲望軍はさらに高揚して、絶叫する。


ぬおおおおおっっっっ‼


俺にこんなことされて気持ちがいいだなんて、いやらしいにも程があるっっ！

もう一度デュランの乳首を口に含む。ああああ、柔らかくて弾力があって、美味しすぎるよっっ。

デュランは身体をよじらせて、甘い声をあげる。

「あん……だめ……そんなに吸ったら、俺、変になるから」

変になっていいんだよ!!　むしろ俺の前では変になってくれ!!

夢中になって吸ううちに、ピンク色の乳首がぴんっと立ち上がり硬くなる。

「……あっ……っん……」

デュランは、縋(すが)るように俺の背中に手を回す。

ああ、可愛い。可愛すぎだよ、デュラン。俺の方が変になるだろ……というか既(すで)に変になっているな。今の俺はド変態以外の何者でもない。

今度はもっと色んな所にキスをしたくなり、首筋から鎖骨、へそと唇を這(は)わせてゆく。

だが、触れるたびにビクついていた身体が、へそに口づけたあたりから反応しなくなる。

「うん……ふえいむぅ……」

「え……？」

「……」

訝(いぶか)りながら、恐る恐るデュランの顔を覗く。


――デュランの眼は完全に閉じて、クークーと規則正しい寝息を立てていた。

軽く頬を叩(たた)いても、声をかけても、もう一度唇にキスしても反応がない。

ムニャムニャと寝言すら言いながら、満足そうに寝ている姿がそこにはあった。

俺は行き場を失った欲望軍と共に、心の中で絶叫する。

うぉぉぉいっ！　それはないだろぉぉぉ!?

翌朝。

目を覚ますと、俺はベッドの上で寝ていた。

あれ……？　ここは俺の船室か。

視界に入ったのは天井のシャンデリア。起き上がると革張りのソファや大理石のテーブル、壁には鷲の姿が描かれた絵も飾ってあり、一瞬ここが海の上であることを忘れるくらいラグジュアリーな空間だ。

だけど天鵞絨のカーテンの隙間からは、朝日を反射してキラキラと光る海が、ここが船の中であることを主張している。

そして横にはなぜかフレイムがいて、じっと俺の顔を見つめていた。

「あれ？　おはよ」

「おはよう、デュラン」

ふっと笑うフレイム。な、何。その意味深な笑みは。

「あ……あれ……俺、どうしてここに？」

「君が急に酔っ払ったからここに運んだんだよ？」

「それは分かるんだけど、何でお前が隣で寝ているんだ？」

「覚えてないの？」

「覚えてないも何も寝てたんだろ？　俺」

「寝る前のことだよ」

　寝る前？　フレイムと話をしたのは覚えてる。お互い一緒に旅が出来て嬉しいなって話はしたような気がする……あと何だっけ？

　しきりに首を傾げている俺に、フレイムはショックを受けたのか、白目を剥（む）いて天を仰いでいる。魂（たましい）が抜けたような表情に俺はギョッとする。

「え!?　フレイム!?　フレイムちゃん？　俺、何かまずいことでも言った？　だったらゴメンっっ」

「……もういい。俺は弄（もてあそ）ばれたんだな、きっと」

　くるっと背中を向けてブツブツと呟（つぶや）くフレイムに俺は混乱する。

「えええっ!?　何、どういうこと!?　昨日何があったのか教えてくれよぉぉ」

　すっかり拗（す）ねた様子のフレイムは、俺に背中を向けたまま黙ってしまった。

　どうも俺がお酒を飲んだことで、色々やっちゃったみたいだけど、一体何をやらかしたんだろう？

しばらくしてフレイムはこっちを振り返り、厳しい口調で言ってきた。

「俺の前以外では絶対に酒を飲まないで。あとアルコール入りのお菓子もNG(エヌジー)だから!!」

本当に何があったんだよ、一体。

いや、俺だってお酒が苦手なのは分かっているから、これからも飲むつもりはないけどさ。

「あ、でも、俺の前では飲んでもかまわないからね」

フレイムは何故(なぜ)か頬を紅潮させて言った……何なんだよ、それは。

怒ったり、嬉しそうにしたりして、忙しい奴だなお前は。

そういや母上からも、俺は酒を飲んだらダメだって言われ、エルウィン兄さんからは「どんどん飲んでもいいよ」って勧められていたっけ？　全くもって訳が分からないが、記憶がなくなるというのはマジで怖いので、今後はアルコールを一滴も取らないようにしなければ。


そう思っていた矢先。

「デュランちゃーん。フレイムちゃーん、おはよーございま〜っしゅ」

ノックもなしに部屋に入ってきたジュレネ先生。見るからに千鳥足(ちどりあし)で目が据(す)わっちゃっている。

うわ、こりゃ相当飲んだな。昨晩の宴会はかなり盛り上がったみたいだな。

ここの船員さんとすっかり仲良くなった先生は、毎晩酒盛りに参加している。

「あらん、ごめんなさい。もしかしてお邪魔だった？」

うふふっと笑うジュレネ先生に、俺ははっと我に返る。

しまった……俺、フレイムと同じベッドに寝ていた。これ、完全に誤解されるシチュエーションだ。

「ぜ、全然お邪魔じゃないです。お、俺たちたまたま一緒に寝てただけで」

「あらん、いいのよ。別に。それよりも、あなたたちも一杯どう？」

「え…………朝っぱらから？」

ぎょっとする俺とフレイムに。

ジュレネ先生はワインの瓶を片手に、威圧感のある笑顔を浮かべて言った。

「うふふ、あたしのお酒、飲めないとは言わないわよね？」

うわぁぁぁ、この人アルコール入ると性質悪くなるタイプだ。俺はその場から逃げようと船室から脱出を試みるが、向こうは俺の動きを読んだのか、すぐさまドアの前に立ちはだかる。

「どこに行くのかしらぁぁぁ、デュランちゃん。あたしのお酒飲めないのぉぉ!?」

「そういうのは、飲みハラと言って、前世では裁判にもなる事例なので良くないと思います!!」

「飲みハラ？　ナニソレー。私知らないー」

……異世界でハラスメントを訴えたところで通用するわけがないよな。

迫ってくるジュレネ先生に、部屋の中をぐるぐる逃げ回る。隙あらば部屋から出たいところだけど、このままではドアノブを捻る間に捕まってしまいそうだ。

ふとフレイムの方を見ると、彼は何やら腕組みをして考え込んでいる様子。

「ここはデュランを護るべきなんだろうけど、もう一度酔ったデュランも見たいような……そして今度こそ、あんなことやこんなことを……」

お前は何をブツブツ呟いているんだ!?　いやいや俺の護衛なら俺を助けてくれよ、フレイムぅぅぅ!!

こうして俺は起きて早々、酔っ払いのジュレネ先生から逃げ回ることになったのであった。

夢のような話

アストレアの騎士にとって「騎士の誓い」というものは、人生を左右する重要なものだ。

誓いを立てた以上、主を替えることは許されない。

俺はデュランに騎士の誓いを立てた。これでもう、後にも先にも、俺の主はデュラン以外有り得ない。全世界を敵に回したとしてもこの気持ちが揺らぐことはない。

主と騎士の結びつきは、婚姻よりも強固なものなのだ。


いつものように俺達は湖畔で剣の稽古をしていた。

以前のデュランは俺が振り下ろした剣を避けるのが精一杯だったけれど、今は自分の剣でしっかり受け止めている。剣術も確実に成長しているので、成長しすぎて護衛である俺の出番がなくならないといいけどな。

しばらく打ち合って、一休みしようということになり、木陰に並んで座った。

「なぁ、フレイム」

「何？　デュラン」

「俺ってお前の主なんだよな？」

「そうだよ」

「じゃあ、俺の言うこと何でも聞いてくれるの？」

「無茶なことじゃなきゃね」

デュランの言うことなら何でも聞いてあげたいところだけれど、俺も万能じゃないからな。

「じゃ、主として命令する。俺の枕（まくら）になって欲しい」

「え？」

こちらが返事をする前にデュランはごろんと寝転がり、俺の膝の上に頭を置いた。

ニッと笑ってこちらを見る王子様の不敵な笑みは、妙に色気があり俺はドキンっと胸を高鳴らせた。

こ、これは膝枕ってやつか!?　ん……？　でも膝枕って、男が女の膝を枕にするものだよな。

俺は女役なのか？？？

ぽかぽか陽気、そよ風を感じながらの膝枕。下を見るとデュランの綺麗（きれい）な顔がある。ああ、まつげ長いな。唇（くちびる）も艶（つや）やかな薄（うす）ピンク色だ。


「デュラン、他に命令は？」

サラサラした髪を軽く撫（な）でながら俺は尋ねる。デュランは手を伸ばして俺の頬を撫でていたけれど、やがて甘えるような声で言った。

「主として命じる。俺にキスして欲しい」

「仰せの通りに」

俺はデュランの顎を持ち上げ、艶めく唇に自分の唇を重ねる。最初は優しく触れあうように。だけど互いの唇の温度や触り心地を確かめたくて徐々にお互いの唇を貪り合う。

「……んっっ……ふぅっ……あふ……」

キスの合間に漏れるのはデュランの喘ぐような声。唾液を纏った互いの舌はねっとりと絡み合う。俺は得体の知れない胸の高鳴りと共に、身体の芯が次第に熱くなるのを感じる。

「主として命じる……フレイム、もっと色んな所を触って」

「喜んで!!」

熱く甘やかな声で嬉しい命令を下すご主人様に、俺は操られるようにデュランの白いシャツを片手で引き裂いた。ボタンがはじけ飛び、露になるデュランの胸。ピンク色の乳首を俺は指先でこねくり回す。

「あん……っフレイム、もっとぉ」

乳首の刺激に身をよじらせながら愛撫を請うデュランに俺は思わず言った。

「今の姿勢のままじゃ、他の所触りにくいよ」

「ああ……そっか。膝枕のままでいるのも悪くないんだけど」

言いながらデュランは起き上がり、はだけたシャツを完全に脱いだ。さらにズボン、それから下着も脱ぎ捨てる。

木陰で、裸になったデュランに俺はごくりと唾を飲む。

主が裸になったからには、俺も裸にならねばっ!!　自分でもよく分からない理屈で、まずズボンから脱ごうとしたが……あれ？　いつの間にか俺の下半身は生まれたままの姿になっていて、欲望の証がそびえ立った状態になっている。

「フレイム、主として命じる。俺の中に入ってきて」

そう言ってデュランは自分のお尻を俺の欲望の先端に押し当て、そのまま腰を下ろし俺の膝に座った。

でゅ、デュラン。命じるとか言っておきながら、自分から挿れているじゃないか！

うわ、俺の欲望の茎がどんどんデュランの中に入っていく……すご……気持ちよすぎ。

「フレイム、もっと奥まで突いて」

こ、心得ました!!　奥の奥まで突きまくりますとも!!!

ああ、デュラン……デュランッッッ!!

◇◇◇

気づいたらメルギドア宮殿の一室、豪華なシャンデリアと白い天井が視界に映った。

留学を控えた春休み期間、俺はデュランの護衛として　この部屋に寝泊まりしている。

それにしても、なんて夢を見ているんだ。デュランがあんな風に誘ってきて、俺の欲望を自分から受け入れるなんてっっ。

「目が覚めたみたいだな、フレイム。よほど疲れているんだな」

ベッドの傍らにはデュランがいて、俺の額に手をあてる……不覚、主よりも後に起きるなんてっっ!!

「ああ、無理に体を起こすなよ。少し熱があるみたいだからな」

「いや、でも……」

微熱があるのは疲れているからじゃない。夢のせいで身体が火照っているのだ。

「主として命じる。今日はゆっくり休め」

「!?」

デュランはそう言って片目を閉じてから、俺の部屋を去っていった。

今の台詞も表情も、夢の中で見たデュランそのものに見えて。

俺はしばらくの間、胸の動悸がおさまらずにいた——。

あとがき

この度は『第七王子、参る　転生したらおデブで引きこもりの王子になりさがっていました』をお手に取ってくださりありがとうございます。

榎村まことと申します。元々、ＷＥＢでは真と名乗っていましたが、書籍化にともない名前を改めることにしました。

「ムーンライトノベル」に投稿するようになったのは二〇一五年からで、それまではずっと現代物を書いていました。

ある日、私が愛用していたパソコンが壊れてしまい、データも取り出すのが難しい状況に陥りました。今まで書いてた小説がパーです。頭が真っ白になりました。

もう現実から逃げたい……なんか異世界に行きたい……今まで自分が書いたことない作品を書いてみて気分転換するか!!　という気持ちから生まれたのがこの作品でした。新しいパソコンが手に入るまでタブレットを使いこの作品を書いていました。

ファンタジー作品だし、少しはアクセス数が伸びるかも？　と軽い期待はあったのですが、想像以上に沢山の方に読んでいただけることになり、ミラクル、キタ――――っっ!!　と思いました。そしてミラクルは止まることを知らず、ＫＡＤＯＫＡＷＡさんより書籍化のお声がけを頂きました。

ただ現在、ステイホームが推奨されている世の中、地方住まいの私は東京へ行くことも叶わず、打ち合わせは電話とメールのやり取りでした。

今回残念なのは、私を見出して下さった担当さんと直接お会い出来なかったことでした。直接会ってお礼も言いたかったのですが、電話越し、メール越しでしかお話しできなかったのがとても残念です。

イラストレーターが野田のんださんと決まった時は、さらにミラクルキター!! と心の中で叫んでしまいました。いやいやいや、第一線で活躍されている漫画家さんじゃないですか!? というか、私野田さんの本読んでますしっっっ!! この前、野田さんの最新作をダウンロードしたばっかりだしっっ!! とにかく信じられない気持ちで一杯でした。ただでさえ忙しい方なのに、本当に描いて下さるのだろうか……なんだか申し訳ないな、でも嬉しすぎるっっ!! そして野田さんが描いて下さったラフ画に悶絶し、デフォルメ画に癒されながら改稿作業を進めていました。

本業の多忙な期間と改稿作業期間が重なってしまい、思うように作業が出来ず編集部の皆様にはかなりご迷惑をおかけしました。

最後となりましたが、この作品はＷＥＢ版を読んで下さった皆様の意見や感想を頂き、それを糧として育ちました。そして編集部の皆様のサポート、想像以上に素敵なキャラクターを描いて下さった野田のんださん、沢山の方々のお陰で、素晴らしい書籍として世に送りだすことができました。本当に本当にありがとうございます。

本書は「ムーンライトノベルズ」(https://mnlt.syosetu.com/top/top/)に
掲載していたものを加筆・改稿したものです。
この作品はフィクションです。実在の人物・団体・事件などにはいっさい関係ありません。

●ファンレターの宛先
〒102-8177　東京都千代田区富士見 2-13-3　戦略書籍編集部

第七王子、参る

転生したらおデブで引きこもりの王子になりさがっていました

著／榎村まこと

イラスト／野田のんだ

2020年9月30日　初刷発行

発行者	青柳昌行
発行	株式会社KADOKAWA 〒102-8177　東京都千代田区富士見2-13-3 (ナビダイヤル) 0570-002-301
デザイン	SAVA DESIGN
印刷・製本	凸版印刷株式会社

■お問い合わせ
https://www.kadokawa.co.jp/ (「お問い合わせ」へお進みください)
※内容によっては、お答えできない場合があります。
※サポートは日本国内のみとさせていただきます。
※Japanese text only

ISBN978-4-04-736251-2　C0093　
定価はカバーに表示してあります。